丹楓醉倒秋山色

——《東籬樂府》研究

蘇倍儀◎著

自序

本論文得以完成，我要感謝羅師賢淑的指導與關懷，賢淑師對論文詳盡評閱與解說；同時又在我面臨寫作瓶頸時給予最好的輔導，讓我得以繼續完成《東籬樂府》研究，此生我將永遠感激不盡；口試委員張師仁青、廖師一瑾所提供的寶貴意見與指導，不但提昇本論文水準，相信對於日後學術研究，更有莫大幫助。

其次，我要感謝師丈鄭尊仁博士的協助，陳師勁榛、李師李、李師進益、陳師錫勇、宋師如珊、陳師益源以及王師英宏在碩士班時期課堂教導與意見提供，建立我論文寫作的能力，給與我信心。感謝我的母校金甌女子高級中學韓校長務和、彭主任啟瑛、劉主任賜麟的提攜。樹人家商徐校長卿瑞的知遇之恩，一路走來幫助我並引導我的小平學長，沒有你的指導就沒有今天的我。給予我砥礪的文宴，在這不成材的三年有你的鼓舞，總算我寫出一本還能夠出版的論文。帶著我擴展視野的佳雯學姐，因為有你的關心，才能讓我鼓起勇氣寫完這本論文。

難忘王師淑俐、梁師滿潮、甘師露澤、柯師勝揮在文化大學財金系時期的相助與教誨，還有葉師雲珠以及蕙芬姐、儷文、芳琦的關懷，與怡如、秀如、素美姐、碧蘭姐和瓊慧學姐在論文寫作方面的經驗分享。也感謝旻諭協助建立元曲四大家散曲資料庫暨擔任部分章節打字，虹伶幫忙四大家資料庫校對，以及協助我出版這本論文的秀威資訊出版發行部李坤城協理、劉其治老師、室友瓊梅、自立老爹，及怡文與我的導師班金甌女中普一丙，總在人生的階段中，給了我不同的啟發和協助，使出版工作順利完成，謝謝您們大力相助，此恩此情，畢生難忘。

最後，我更感謝雙親二十多年來的教養，每每想起含辛茹苦撫育我們四個兄弟姐妹長大的父母，在我幼年體弱多病時，總辛勞的載著我往返醫院與家中，至今心中充滿無限的感激感恩。大姊與姊夫總在我遇到困難時給我最多的支持，還有陪伴我五年的帥哥兔，謝謝您們，沒有您們就沒有《東籬樂府》研究，僅以此論文回報大家，同時更期許自己能在學術研究上更進一步，結合人文與科技，為中國文學研究再盡棉薄之力。

民國九十三年四月四日　蘇倍儀　識於臺北

目次

表目次

八

古離騷經圖解——連《橘頌圖》考釋

第一章 緒論

第一節 對馬致遠散曲文學成就之研究

元曲為元代新興文學，因為出於民間，以俚俗為主。因此後代對它的研究總不如唐詩、宋詞豐富，王國維就曾經感慨地說：「獨元人之曲，為時既近，托體稍卑，故兩朝史志與《四庫》集部，均不著於錄；後世儒碩，皆鄙棄不復道……遂使一代文獻，鬱堙沈晦者且數百年。」[一]

明朱權《太和正音譜》論述古今樂府格勢，將馬致遠置於其選列一百八十七位曲家之首，並以為：「馬東籬之詞有如朝陽鳴鳳。其詞典雅清麗，可與靈光景福而相頡頏，有振鬣長鳴，萬馬皆瘖之意；又若神鳳飛鳴於九霄，豈可與凡鳥共語哉！宜列群英之上。」[二]足見朱權對馬致遠的推崇。任訥《曲諧》對馬致遠亦相當肯定：「雜劇推元四家，余謂散曲必獨推東籬，小山雖亦散曲專家，

一 王國維：《王國維戲曲論文集——〈宋元戲曲考〉及其他》，（臺北：里仁書局，民國八十九年七月），頁三。

二 朱權：《太和正音譜》，（臺北：學海出版社，民國八十年十月），頁十一。

終是別調耳，餘人則皆非專家。既然散劇兼長，則古今群英，以東籬為領袖，可謂至當矣。」[三]任訥對馬致遠散曲評價甚高，但參見相關資料，僅馬氏小令〈天淨沙・秋思〉一首獨為研究者所愛，至於其他部分則鮮少有人關注，迄今僅有碩士論文兩篇與博士論文一篇，而研究重點則限於聲律修辭、語言風格與文學計量探討。

筆者以為《東籬樂府》的價值，並非只限於聲律修辭或計量分析，對於意境、創作背景及後世影響等方面，若能再進行研究，相信不忒對馬致遠有更深的了解，對於現今元曲研究成果以及時代定位等課題，應有實質幫助。故擬就馬致遠《東籬樂府》之題材、內容、風格與藝術手法等方面進行探討，結合電腦軟體，實際分析相關結果，冀望運用新方法，讓研究成果有多樣化的呈現，以析論馬致遠散曲之文學成就。

[三] 按：《曲諧》共分四卷，此文引錄於卷二。見任訥：《散曲叢刊》，（臺北：臺灣中華書局，民國七十三年六月），第四冊，頁五十八。

第二節　馬致遠作品在兩岸三地的研究概況

關於馬致遠作品研究，筆者分兩岸三地論述，並比較三地間的研究成果。

一、臺灣

臺灣方面在一九九八年六月前並無出版關於馬致遠個人研究書籍[四]，欲尋訪馬氏相關資訊，只能在散曲史中尋找蛛絲馬跡，六〇年代中國文化大學，在此方面有相當貢獻，羅錦堂《中國散曲史》以及李殿魁《元明散曲之分析與研究》，均由文大出版部所出版，為元曲研究奠定了初步基礎。而後八〇年代，王忠林《元代散曲論叢》以及其與應裕康合著的《元曲六大家》，則有論及馬致遠生平考述與作品分析，此為研究馬氏的重要資料。雖然臺灣方面對於馬致遠專書著述較大陸欠缺，但

四　按：一九九八年，高雄復文所出版之周碧香《《東籬樂府》語言風格研究》乃周氏碩士論文，周碧香以「語言風格」探討《東籬樂府》，研究範疇創新，為該論文特色，但嚴格說來這僅是對馬致遠作品「部分」研究，並非全面探索。

學位論文的研究成果卻較為豐碩，不過多以雜劇研究為主[五]。至於馬致遠散曲研究於一九九五年，中正大學中國文學研究所碩士論文——周碧香所撰述《《東籬樂府》語言風格研究》，剖析馬致遠散曲語言風格，見解獨到，貢獻良多。

二、大陸

大陸學者肇始研究馬致遠，當推孫楷第。一九五三年孫氏出版《元曲家考略》[六]，考證詳盡，無人能及。後譚正璧於四〇年代發表元曲四大家相關論文，一九五五年譚氏交付上海文藝聯合出版社出版《元曲六大家評傳》，集合各朝人士的評述，詳盡而完備，實為治元曲者案頭所必備。不過

五　按：早期研究馬致遠的學者多以雜劇為主題，此從當時學術論文只有馬氏雜劇方面之研究可見端倪。見唐桂芳：《馬致遠雜劇研究》，（臺北：國立政治大學中國文學研究所碩士論文，民國六十五年五月）以及朴三洙：《馬致遠雜劇之研究》，（臺北：國立臺灣大學中國文學研究所碩士論文，民國七十三年六月）。

六　按：孫楷第對馬致遠考證詳實，尋找相關資料為馬致遠研究提出新創見，該書以為元人集中所記有三個馬致遠，分別為許州馬致遠、集慶馬致遠、廣平馬致遠，為馬致遠研究提供了新觀點。見孫楷第：《元曲家考略》，（臺北：文史哲出版社，民國七十八年六月），頁一三〇——一三二。

相較大陸方面研究關漢卿的百家爭鳴，馬致遠的研究則相對欠缺。直至七〇年代後期，中國大陸學術研究氛圍再度活躍，元曲研究又重登學院殿堂[七]，馬致遠相關研究才在此時大有斬獲，如：瞿鈞、余太平、劉蔭柏等學者投注許多心力，此時相關學術性論文也如雨後春筍般不可遏抑。其中，瞿鈞對馬致遠散曲研究功不可沒，他於一九九〇年三月出版《東籬樂府全集》，對馬致遠所有作品進行校注，所錄散曲數量超越隋樹森《全元散曲》。不但為我們找到研究馬致遠的新資料，瞿鈞同時也發表多篇文章，探索馬氏散曲價值，這些論文由香港新世紀出版社於一九九三年彙編成《馬致遠論稿》。除專書之外，大陸方面研究馬致遠的單篇論文，經國家圖書館漢學中心之中國期刊論文網搜尋，共計二十四篇，且研究主題多有拓展，學者對馬氏研究之切入點漸漸轉向其作品各個層面，不侷限於〈天淨沙・秋思〉。此外，一些學者也嘗試以心理學角度，對馬致遠超我意識進行研究[八]，故對於馬氏散曲文學價值之開展，多所助益。

七 按：此情況何貴初於《元曲四大家論著索引》介紹詳盡，見何貴初：《元曲四大家論著索引》，（香港：玉京書會，一九九六年九月），頁二。

八 按：見鄒少雄：〈生命悲劇的精神超越——論馬致遠雜劇散曲中的超我意識〉，（上海《社會科學》，一九九五年十月，第十期），頁六十九—七十三。

三、香港

香港方面對馬致遠專著研究並不豐盛，但對編纂元曲相關資料彙編，則不遺餘力，如：何貴初《元明清散曲論著索引》、《元曲四大家論著索引》與瞿鈞《馬致遠論稿》等，這些書籍對馬致遠研究資料之取得，甚有幫助。在論文出版方面，一九九〇年陳璋衛《《東籬樂府》聲律與修辭之研究》及一九九八年馬顯慈撰寫《關漢卿、白樸、馬致遠三家散曲之比較研究》，為馬氏散曲研究跨出了學術界的一大步，陳璋衛突破過去學者對馬氏散曲研究藩籬，以客觀方式對馬氏散曲展開聲律與修辭研究；而馬顯慈以數量統計方法對三家散曲進行比較，雖為馬致遠研究開創新局，唯因該論文較重量化分析，而忽略散曲藝術價值之層面，較為可惜。不過這兩篇論文對馬氏散曲研究之開展，有重要貢獻。

綜觀臺灣、大陸與香港三地對馬致遠研究論著堪稱豐碩，只可惜在馬氏散曲方面則明顯乏人問津，這樣的訊息也提醒我們，應致力於馬致遠散曲研究，同時更要把範疇擴大到整部作品，而非僅闡釋單首小令，以全面性研究取代深度理解單一創作，相信對馬致遠才有更公允、詳盡的認知。

第三節　研究範疇與方法

馬致遠散曲，在元代並無專集收存，《樂府新編陽春白雪》收錄小令五十二首、散套二首；《朝野新聲太平樂府》收錄小令二十四首、散套十首；而《類聚名賢樂府群玉》僅含一首小令；其它總集亦有零星作品。任訥編寫《散曲叢刊》時，蒐羅《東籬樂府》一卷，共計小令一〇四首、散套十七首、殘套四首，從此馬致遠別集才得以傳於後世。隋樹森於一九五五年，於北京圖書館發現元楊朝英輯《樂府新編陽春白雪》明抄九卷本[九]，為現存元代散曲選本最早的一部[十]。《全元散曲》所載，馬致遠作品計小令一一五首、套數十六首、殘套七首[十一]，足見數量有增加。而一九八〇年春，在遼寧圖書館館藏中，發現羅振玉收藏元楊朝英所輯《樂府新編陽春白雪》明抄殘存六卷本[十二]，又見馬

九　瞿鈞：《東籬樂府全集》，（天津：天津古籍出版社，一九九〇年三月），頁一。

十　同前註，頁一。

十一　按：經筆者研究〈錦上花〉中〔清江引〕一段，實可視為馬氏殘套，故其殘套多一首，不包含《續補遺》所補四首散曲，共計八首，讀者可翻閱本書第三章。見隋樹森：《全元散曲》，（北京：中華書局，二〇〇〇年九月），頁二十六。

十二　同註九，頁二。

致遠作品六首，瞿鈞將之收於《東籬樂府全集》，此書堪為現存馬致遠散曲收錄最齊全的版本。因此筆者使用版本順序將以瞿鈞《東籬樂府全集》為首，其次則參照隋樹森《全元散曲》及《全元散曲續補遺》，最後輔以參考吳庚順、呂薇芬主編的《全元散曲》[十三]。

本文結合電腦資料庫系統，運用資訊科技輔助研究，以電腦試算表軟體，建立《東籬樂府》資料庫，並採用下列研究方法：

壹、分析法：分析文句內容與作品題材和藝術手法間相互關係。同時配合資料庫加以比對，以求得真切的結果。

貳、比較法：比較馬致遠與元曲四大家之關漢卿、白樸、鄭光祖散曲內容風格與宮調使用，以確定馬致遠散曲在風格與內容上的特出表現。

參、歸納法：將研究成果歸納、比較以明作品藝術特色，並確定馬致遠作品之文學成就。

十三　按：關於馬致遠散曲校注，除了劉益國《馬致遠散曲集校注》和瞿鈞《東籬樂府全集》外，近兩年由吳庚順、呂薇芬主編《全元散曲》也有校注，以吳庚順、呂薇芬《全元散曲》與隋樹森《全元散曲》比較，前書優點有詳細校注，缺點則為並非收錄全部散曲，只是節選，故僅列入參考。

第二章　馬致遠之生平

論述作者生平，若不能對其所處時代深入了解，便很難把握作者創作動機與理念，研究成果自然難以周全。姚一葦《藝術的奧秘．論批評》曾指出：「以一個時代或社會的特徵來分析個別藝術家或藝術品……這一類的研究方式是二重的；一方面通過社會學的方法來了解藝術家的表現，另一方面把藝術家作為一面鏡子，通過這面鏡子來了解其所處的時代與社會。」[一] 秉著「知人論世」的想法，筆者擬由時代為起點，融入作者所處之時、空，見識當時的文學環境，以增進對馬致遠之認識與理解。

第一節　時代背景

元代為我國版圖最廣與民族最為多元的朝代，地域北踰陰山、西極流沙，東盡遼左、南越海表

一　姚一葦：《藝術的奧秘》，（臺北：臺灣開明書店，民國八十二年二月），頁三六一。

[二]。蒙古以少數民族入主中原，為維繫政權，在政治、文化及經濟上，都採行特殊領導與統御方式。蒙古族驍勇善戰，武力凌駕漢人之上，然其文化低落，亦是不爭的事實。此一時代背景造成「文化異質錯位」，受衝擊最大者，應為漢族知識分子，因其文化素養優越，卻反而屈居下位，受人統治，再加上當時文學參與者，並非僅有漢族，多數色目人亦在政經、文化等方面有傑出表現。

由此可知，元代文人除了有自身定位與社會地位等差異外，對於非漢族文人學習中原文化與「多族文人圈」的競爭也深感焦慮。再者，宋末元初之際，朱子理學發展面臨瓶頸，隨著南宋義理之學衰敗與元朝寰宇一統的時勢所趨，理學也吸收了佛、道思想。儒、釋、道三教合一，不但成為元代盛行全真教之弘教主張，更影響當時在位者施政參考。羅立剛以為：「如果沒有佛道之士的進言，僅憑儒士們跟忽必烈等人談性命之學、修齊之術、治國之方，恐怕效果不會如此大，接受漢化也不致如此神速。因此元初蒙古統治者的漢化，可以說是三教人物共同努力的結果。」[三]哲學為一切學問的指導方針，三教合一也影響了當時文壇——神仙道化劇等新興市民審美情趣的說唱藝術產生，不能不說是儒、釋、道中道學對文藝的影響：「表現這種橫流之『欲』的俗文學，在宋末元初大量

二　宋濂等撰：《元史》，（北京：中華書局，一九九七年十月），卷五十八〈地理志一〉，頁一三四五。

三　羅立剛：《宋元之際的哲學與文學》，（上海：復旦大學出版社，一九九九年六月），頁十三。

出現，不僅跟文化落後的蒙元代宋而起的歷史有關，而且也是宋末『文』、『道』兩離思想現狀必然導致的後果。」[四]關於元代特殊背景，筆者擬從政治、經濟、文化三方面探討。

一、政治

元代主政中國計九十年，皇帝人數共九位，其中除元世祖忽必烈在位三十五年、成宗十三年、仁宗九年、順帝三十六年外，其他帝王在位都不超過五年[五]。帝王更迭如此快速，足見國家政治不安定。政爭從忽必烈起就成為元代的政治循環，直至元末。每一次的政爭對元代國運多所打擊，以

四　同前註，頁二一七。

五　按：茲參考劉迎勝新撰《元史》所附元帝系表，統計元代帝王在位時間如下：元世祖（一二六〇至一二九四）共三十五年，元成宗（一二九五至一三〇七）共十三年，元武宗（一三〇七至一三一一）共五年，元仁宗（一三一二至一三二〇）共九年，元英宗（一三二一至一三二三）共三年，元泰定帝（一三二四至一三二八）共五年，元明宗（一三二九），僅在位八個月，被毒殺，元文宗（一三三〇至一三三二），共計三年，元寧宗在位僅四十三日，元順帝（一三三三至一三六八）共計三十六年。上項統計筆者以足年計算，事實上因皇帝繼位日期承接前一任皇帝，因不足年，故在位時間可能更短。見劉迎勝：《元史》，（香港：中華書局，一九九八年五月），頁三六二至三六三。

忽必烈王位之爭為例，不但引發長達四十年的海都之亂，使元朝政令不能通達蒙古四大帝國，各汗國間形同獨立國家，僅存能掌控的中原本土，更是鬥爭頻繁，動盪不安，其間雖有中興之治，但也無法平復政治因素所帶來的國運衰頹。因此王明蓀以為：「衰敗的原因早在世祖一朝已埋下種子：中央與封建之關係、蒙漢糅合之制度、用人等問題，一直未能解決……」[六]爾後皇帝繼位又常因自身成長背景，旋而在政治上傾蒙，如：武宗與泰定帝；旋又改為傾漢，如：仁宗。政令改易，因人而異，再加上皇帝在位時間又短，更加速政治問題惡化。

英宗至寧宗年間，元朝政爭更為激烈，皇帝在位時間最長不超過五年，最短僅四十三日。元末，帝位之爭仍為政治動盪主因，天災與民族融合等問題也在此時一一浮現，財政制度更因元末幣政敗壞，物價大幅上升，人民苦不堪言，最後導致朱元璋等人起義與順帝北逃，元代統治中原宣告結束。

二、經濟

在漢人民族意識作祟下，對元代常有偏頗的認知，多數漢人以為，這是中國文化淪喪的黑暗時

六 王明蓀：《蒙古民族史略》，（臺北：中央文物供應社，民國七十九年二月），頁一九二。

期。事實上當時社會經濟呈現高度拓展，不但交通活絡，對外交流頻繁，同時國內工商業與漕運發達，並推動手工業技術拓展，試將元代經濟發展概述如下：

（一）交通便利

元代東西南北交通網四通八達，海路方面從杭州、泉州、廣州等港與日本、南洋、印度、波斯等國通商，陸路方面則自天山南路入中亞細亞，或天山北路入西伯利亞南部，與西亞細亞及歐洲通商。國內部分則透過漕運，將南方貿易獲取的資源運往北京。路政發達，驛遞迅速，便利外商與使節交流。元人除運用天然水道外，還開鑿運河，以利南、北漕運，在物價上漲時期，漕運尚可幫助南物北送，平抑北方物價。

（二）農業與手工業發達

元代農業興盛乃因政府提倡農業政策，世祖重視農業：「即位之初即詔告天下，國以民為本，民以衣食為本，衣食以農桑為本，並頒《農商輯要》於民。」[七]農業措施積極，中央與地方設立勸農官與勸農機構，一反蒙古人毀人農田為牧地的傳統，並將開闢田野績效納入地方官考核依據。此外，健全農村基層組織、合力耕耘，建置倉儲制度以預防災害，對於元代農業，提供興盛的條件。

元代城市繁榮起因於手工業發達，主要城市經營製鹽、綢緞等手工業，鹽為政府稅收最重要的產品，發達的鹽業與手工業促進城市交流，自然也推動了文化進步，因此棉紡織、印刷和火砲製造業以及瓷器等生產技術，在當時都有顯著的發展[八]。

（三）貿易發展遠及非洲

中國海外貿易，歷史悠久，秦漢之際即見記載，元代因對外關係大幅開拓，輔以羅盤及航海技術運用與進步，對貿易發展提供相當有利的條件，海外貿易的範圍：「東到高麗、日本，南到印度、

七　同註二，卷九十三〈食貨志一〉，頁二三五四。
八　李幹：《元代社會經濟史稿》，（武漢：湖北人民出版社，一九八五年十二月），序頁七。

南洋諸國；西達中亞、波斯、俄羅斯、阿拉伯各國、地中海東部，直到非洲東岸。」[九]廣大貿易圈帶動元代商業興盛，也繁榮元代的經濟。

為了發展貿易，世祖於至元十四年（一二七七年），立市舶司於泉州，至元二十三年（一二八六年）在東南沿海各城：慶元（今浙江寧波）、上海、澉浦、溫州、杭州、廣州等城市，依序建立市舶司管理。《馬可波羅遊記》曾提及泉州港的盛況：「賽東（泉州）港來自印度的船舶一直達到這個城市……賽東是世界最大的港口之一，其商人數目之多，與貨物堆積之眾，的確難於想像。每個商人對於自己所投資的資本的總數，必須付出百分之十的稅款，故大汗從此地獲得巨額的收入。」[十]商人負擔的稅款高達百分之十，卻仍然對貿易趨之若鶩，可見商業獲利之豐厚。貿易發展帶動中西交流，刺激工商業進步，更使得當時中國各大城市，不僅可以發現波斯、阿拉伯、義大利商人，甚至還有非洲商人。這樣多元的發展，為元以前各朝所無。商業發達促使元朝形成許多貿易中心，亦造就當時元代與世界文化的各項交流。

九　同前註，序頁七。

十　李季譯：《馬可波羅遊記》，（臺北：王家出版社，未註出版年月），頁二五七。

（四）紙幣流通遍於全國

人類在幣制發明後，脫離以物易物的交換模式，因紙幣便於攜帶、易於流通，故紙幣使用，能加速經濟擴展，影響深遠。元代紙幣流通遍於全國，《馬可波羅遊記》對於紙幣使用有高度評價：「此項紙幣這樣大批地製造後，便流行於大汗所屬領域的各處；沒有人敢冒生命的危險，在支付上拒絕使用。他的一切百姓都接受此項紙幣，毫不遲疑，因為無論何處，他們可以應營業的要求，用它去購買他們所需的商品。」[十一]元代幣制發達，紙幣採用更是當時各國尚未發展成熟的交易制度，百姓對於紙幣的信任度亦高，因此商業活絡，幣制穩定，故經濟實力相當雄厚。

三、文化

元代因異族統治與民族雜糅共處，故產生許多民族融合與適應的問題，筆者欲從生活方式、繼承制度、消費觀、社會流動，四個層面析論蒙漢間生活與思想方面之差別。

十一　同前註，頁一五九、一六〇。

（一）生活方式

蒙古族與漢人在生活方式上差距甚多。滿都夫以為：「蒙古族的思想進程，是一種在自身游牧生活的基礎上產生的，有自己的傳統思想範疇及其特徵的。」[十二]蒙古人以游牧為生，逐水草而居，那邊有盛美的草原，那邊就可暫時棲息，由於其生存環境惡劣，因此性格較為激進、主動，即使他們對其他文化也有學習與借鑑，但遊牧仍是謀生的基礎。而漢人以農業自理自足，思想趨向安土重遷，形成他們以不變應萬變的生活哲學，正與蒙古民族生活方式相背，塞外氣候動輒零下低溫與農業死寂，造就蒙人為求生存，以武力解決問題的模式，故蒙漢間種族對立，並非始於受元統治，生活條件迥殊，造成兩者觀念差異，不同民族雖有文化交流，可以互相在生活方面有所調整，但民族的根本思想，卻很難改變，甚至早已先入為主，進駐各族人民心靈，也造成生活方式的隔閡。

十二 滿都夫：《蒙古族美學史》，（瀋陽：遼寧民族出版社，二〇〇〇年十二月），頁三十二。

（二）繼承制度

秦一統天下後，實行中央集權，此制度為後代各朝所仿效。蒙古傳統採分權制，透過諸侯分封，擴展蒙古帝國版圖。西征奪得廣大領土，分由四子統御管理。蒙人思想，以諸侯分權為天經地義的祖宗家法，蒙古諸王、駙馬、功臣坐享分封之利，與儒家尊王思想便發生正面衝突[十三]。日人中村元曾對東方民族思想進行研究，其著作《東方民族的思維方法》以為：「中國人常常重視先例，不強調抽象原則，因此，他們有豐富的歷史典故和成語。一個強調個別性和具體知覺的民族，傾向於從過去的慣例和周期性發生的事實中，建立一套基準法則，即以先例作為先決模式。」[十四]上項思維幾近掌控中國人數千年來的行為，王位繼承長久以來以世襲制為主，重視正統與先例，故王儲選訂常是繼承制度的導火線——漢人由君王嫡子繼承，蒙人則透過宗親大會推舉出大汗，因此貴族若有能力，都有繼承機會。然而在忽必烈一統中原後，接受漢化，漸採中央集權政策，王位承繼方式也遭破壞，此舉使蒙古貴族利益嚴重受損，並危及蒙古人的「先例」與「傳統」，引發蒙、漢間另一波思想衝突。

[十三] 李則芬：《元史新講》，（未註出版社，民國六十七年十二月），第四冊，頁三四九。

[十四] 中村元：《東方民族的思維方法》，（臺北：淑馨出版社，民國八十八年二月），頁二七〇。

（三）消費觀

蒙、漢間消費觀點背道而馳，蒙古視爭戰、分封諸王、賞賜功臣與興建佛寺為必要支出，這些開支耗盡國庫許多費用，尤其在宗教信仰方面，支出更為龐大。採蒙人觀點治國，勢必要「量出為入」，才可能使收支平衡，然而中國農業社會，幾千年來採取「量入為出」的保守政策[十五]，蒙漢消費觀點相背，加上政治角力斡旋，形成兩造心結，而王文統、阿合馬等人整頓財政，雖將經濟治理的有聲有色，穩定鈔政與金融，但因「量入為出」之精簡方案得罪特權，與貴族巨室們產生利益衝突，個個都落到處死抄家。因此消費觀點殊異，反而使種族衝突更甚，彼此漸同陌路，形成更嚴重的對立。

（四）社會流動

多數學者探討元人入仕問題，將焦點置於異族統治下漢人的仕進機會，並以此做為元代文人特殊意識產生之歸因。的確，士人是否獲得功名，牽涉到自身及宗族興衰，元人入仕主要問題，不在

[十五] 同註十三，第五冊，頁三。

於仕進機會的「量」，而在於「質」，蕭啟慶以為：「元代儒士的社會地位與唐、宋、明、清科第之士相較，所受的尊崇是不如前、後各代的，無論由吏進或由學官進，大多數的士人都必須永沉下僚，位居人下。」[十六]儒士地位衰微係因蒙古人事制度以世襲為主，據統計漢人當時有機會獲得官職機會者，可透過下列方式：「蔭襲（百分之十四點七）、宿衛（百分之十五點四）、吏進（百分之三十）、軍功（百分之十三點四）、科舉（百分之六點四）、薦舉（百分之七點一）、學校（百分之四點二）、徵舉（百分之八點八）」[十七]由此比例可知，科舉並非主要的選才依據。

王明蓀就元代選才制度曾歸納三論點：「其一：蒙古有「怯薛」制度，已有自己的一套取才之法，又何須非用漢法不可？其二：以及當時西域人與蒙古共治國事的人才也非由漢法的科舉而得，其三：漢人之中的北人排擠南人，恐南人循此入仕而取代其勢。」[十八]因此科舉或只是適取漢士之法，不是量取所有人才的普遍方法，再者科舉所考內容為漢學，試題對漢人而言相對容易，故又分蒙人

[十六] 按：文中所述觀念可見蕭啟慶：《元代史新探》，（臺北：新文豐出版公司，民國七十二年六月），頁三十九。

[十七] 蕭麗華：《元詩之社會性與藝術性研究》，（臺北：國家出版社，民國八十七年十月），頁七十。

[十八] 王明蓀：《元代的士人與政治》，（臺北：中國文化大學史學研究所博士論文，民國七十一年十二月），頁八十一、八十二。

與漢人兩榜，否則蒙人將無法與漢人一較高下，故當時漢人透過管道取得一官半職，也不過是個小官，政治舞台上的主要角色是勳臣後人與宿衛，此由世祖之際擔任要職者多為宿衛出身可證，如：劉秉忠、姚樞、許衡等人。

宿衛與中國禁軍相似，因貼身於皇帝，生死與共，往往受到皇帝的信任，而把持高位，但宿衛與特權階級並非只讓蒙人獨享，漢人亦所在多有，只是一般士子，沒有機會利用這樣的管道，謀求其社會地位流動。無怪馬致遠感嘆：「登樓意，恨無上天梯」〈金字經・失題三〉[十九]，此上天梯當指特權階級管道。但元代亦非全面打壓士人，儒戶的設置為前代所無，蕭啟慶《元代史新探》曾云：「元代儒戶的產生，原是為救濟在兵燹中流離失所的儒士。一方面使他們與僧、道相等，取得優免賦役的地位；另一方面也有為國家儲存人才之意，並不是有意壓抑儒士。……儒戶的權利和義務大體上和僧、道、達失蠻、也里可溫等宗教戶計相同，他們對國家僅奉行精神上的工作，而不必如軍、站等服役戶計一樣有沉重的人力及財力的負擔。」[二十]可見「九儒十丐」之說不攻自破，士人地位，雖沒有前、後朝代崇高，但在階級區分上，至少仍在中上層級。

十九　瞿鈞：《東籬樂府全集》，（天津：天津古籍出版社，一九九〇年三月），頁四十六。

二十　同註十六，頁十八。

元代受異族統治，在政治、經濟與文化等層面因而有所變異，廣大的版圖，造就各民族文化交流的環境，文學表現人生，自然也會反映朝代變遷與作家心境。元曲能夠在元代蓬勃發展，在梁歸智的論點上是一種「社會矛盾性的豐富性與文化機制的寬鬆性有機結合」他以為：「無論是因為蒙元統治者不懂得控制文化思想的重要性，還是因為統治者本身就喜歡雜劇散曲的消遣，或者是因為元朝的統治機制不夠嚴密，總之，歷史創造了元代這樣一個特殊的社會形態，為雜劇和散曲的滋長繁榮準備了歷史條件。」[二十一]從宏觀立場來檢視作者與作品，可知不但受當時政治環境的影響，也受當代經濟、文化等因素所支配。

第二節　生平事蹟

研究作品總先要瞭解作者生平事蹟，然後才能從他的交遊、際遇與時代背景中，幫助我們知

[二十一] 按：梁文收於李正民、董國炎主編《遼金元文學研究》。見李正民、董國炎主編：《遼金元文學研究》，（北京：文化藝術出版社，一九九九年五月），頁三九二。

其從事著作時之心態和持論立說的實際傾向。在本節筆者擬究馬致遠卒年與名號、官職、交遊等探討。

一、卒年與名號

元代採實用主義治國，文人地位較不如重文輕武的宋代，且元曲發展多在民間，並非「廟堂文學」，只有透過後代曲學總集記述始得保全。作品是如此，作家生平更是難以尋訪。據《錄鬼簿》所錄：「馬致遠，大都人，號東籬。」[二十二]其生年不詳，卒年則依鍾嗣成《錄鬼簿》、《北詞廣正譜》、《中原音韻》關於馬致遠或元代曲學的片段記載可推知。

二十二 《錄鬼簿》目前流傳天一閣藏明鈔本及曹棟亭刊本兩種版本。兩版本關於馬致遠字號與生平記載，有些許差異。曹棟亭刊本列馬致遠於前輩已死名公才人，所編傳奇行於世者。該版本提及：「馬致遠，大都人，號東籬，任江逝行省務官。」但天一閣藏明鈔本所載：「馬致遠為大都人，號東籬老，江浙省務提舉。」關於字號的差別，王忠林、應裕康合著《元曲六大家》認為，號當是東籬，加一老字，或中年以後之稱。再者，馬致遠作品以《東籬樂府》流傳於後，而非《東籬老樂府》，因此，王、應兩學者論點可信，故論文中推斷馬致遠真正字號為東籬，應屬無誤。至於官職差異則因相關史料缺乏，尚須更有公信的資料出現，才可提供判斷依據，本文從天一閣藏明鈔本。

《錄鬼簿》天一閣藏明鈔本上卷，列馬致遠於前輩才人有所編傳奇於世者，對馬氏記述如下：「大都人，號東籬老。江逝省務提舉。萬花叢裏馬神僊，百世集中說致遠，四方海內皆談羨。戰文場，曲狀元。姓名香，貫滿梨園。《漢宮秋》，《青衫淚》，《戚夫人》，《孟浩然》，共庾、白、關老齊肩。」[二十三]該書完成於至順元年（一三三〇年），文中稱馬致遠為前輩，故後世或採此說，以為馬氏卒年早於至順元年。然《北詞廣正譜》集有馬致遠散套零章，其中〈粉蝶兒——至治華夷〉記載馬氏頌美元英宗的文字[二十四]：

〔粉蝶兒〕至治華夷，正堂堂大元朝世，應乾元九五龍飛。萬斯年，平天下，古燕雄地。日月光輝，喜氤氳一團和氣。

至治為元英宗年號，英宗即位共三年（一三二一年至一三二三年），故馬致遠在此三年間尚有創作。周德清《中原音韻》成書於泰定元年（一三二四年）書中謂：「關鄭馬白，一新製作韻，共守自然之音，能通天下之語字，暢語俊韻促音調，觀其所述，曰忠曰孝有補於世，其難則有六字三韻，忽

[二十三] 鍾嗣成等：《錄鬼簿傳奇品》，（臺北：樂天書局，民國七十一年一月），頁十三。
[二十四] 王秋桂主編：《善本戲曲叢刊北詞廣正譜》，（臺北：學生書局，未註出版年月），頁二九一。

聽一聲，猛驚是也。諸公已矣，後學莫及……」[二十五]此段文章「諸公已矣，後學莫及」八字，可論證馬致遠卒年早於泰定元年，由此可推馬致遠卒年應介於英宗至治以後至泰定元年以前，即一三二一至一三二四年間。

二、官職

依《錄鬼簿》天一閣藏明鈔本記載馬致遠曾任職江逝省務提舉，此官職係從宋代延續而來，宋徽宗崇寧二年（一一〇三年）各路置提舉學事司，簡稱提學，掌一路州縣教育行政，宣和三年（一一二一年）廢。金代設有提舉學校官，到了元代各行省置儒學提舉司，掌諸路府州縣學校祭祀、教養、錢糧等事，并考校進呈文字等事宜[二十六]。不過江逝省務提舉，並非正式官銜，因元代參知政事以上稱臣，所謂行省務官，當指一個吏員，官階大約不過七品至五品[二十七]，故馬致遠在官場上並不

[二十五] 周德清：《中原音韻》，（臺北：學海出版社，民國八十五年三月），頁九、十。

[二十六] 沈起煒、徐光烈：《中國歷代職官詞典》，（上海：上海辭書出版社，一九九二年八月），頁三三三。

[二十七] 同註十三，第二冊，頁六六三。

得意。但《錄鬼簿》記述馬致遠文字卻有「戰文場，曲狀元」之語，後代因而探討馬氏是否曾中科曲狀元，而有肯定及否定兩方意見。

爭論主因在於元代是否曾對曲學開科取士，若有，為何不見史傳？若無，為何賈仲明有「戰文場，曲狀元」之語？華連甫《戲曲叢譚》站在肯定的角度，對元代設科曲狀元之事舉出三例證[二十八]，而持反對意見者以王國維論點及元史研究者李則芬的論述頗具參考價值。王國維《宋元戲曲考》云：

至蒙古滅金，而科目之廢，垂八十年，為自有科目來未有之事。故文章之士，非刀筆吏無以進身；則雜劇家之多為掾吏，固自不足怪也。沈德符《萬歷野獲編》（卷二十五）及臧懋循《元曲選序》均謂蒙古時代，曾以詞曲取士，其說固誕妄不足道。余則謂元初之廢科目，卻為雜劇發達之因。蓋自唐宋以來，士之競於科目者，已非一朝一夕之事，一旦廢之，彼其才力無所用，而一於詞曲發之。且金時科目之學，最為淺陋（觀劉祁《歸潛志》卷七、八、九數卷可知）。此種人士，一旦失所業，固不能為學術上之事。而高文典冊，又非其所素習也。

二十八　按：上項論證華連甫《戲曲叢譚》記載詳細。見華連甫：《戲曲叢譚》，（臺北：臺灣商務印書圖書公司，民國六十七年十二月），頁一二三、一二四。

適雜劇之新體出，遂多從事於此；而又有一二天才出於其間，充其才力，而元劇之作，遂為千古獨絕之文字。[二十九]

李則芬對於元代以曲取士一事，亦採否定論點：「元初戲曲初興，尚未定型，果以戲曲取士，試問有何標準？誰能主持這種沒有標準的考試？周德清以元人樂府音韻多誤，乃著《中原音韻》。此書有虞集作序，成於泰定年間。然而在此以前，連一本標準的韻書都沒有，何能以曲取士？」[三十]故馬致遠曾中曲狀元之說，應與事實有出入。以其作品多懷才不遇之感，可理解馬氏並沒有高中科考狀元的意氣風發，反而充斥才不見用的感嘆。再者，元代於仁宗延祐二年（一三一五年），恢復實際考選，到至元元年（一三三五年）又罷……科舉取士並非元代選官的主要途徑[三十一]。實際恢復考選時，作者年歲已大，馬致遠約卒於一三二一年至一三二四年間，以其卒年推算，科考舉行時，他已兩鬢頒白，曲狀元一說，有待商榷。就筆者觀點以為：賈仲明淩波仙詞提及「戰文場，曲狀元」

[二十九] 王國維：《王國維戲曲論文集——〈宋元戲曲考〉及其他》，（臺北：里仁書局，民國八十九年七月），頁九七。

[三十] 同註十三，第二冊，頁六七六。

[三十一] 王星琦：《元明散曲史論》，（南京：南京師範大學出版社，一九九九年十二月），頁二十九。

一語，應是對馬致遠在文學表現上所給與的讚頌，未必實指功名。

三、交遊

馬致遠交遊廣闊，不僅和文人盧摯、劉致、李時中有交往，當代書法家張玉岩以及元貞書會倡夫紅字李二、花李郎等，也是其共同唱和的對象，《錄鬼簿》論及王伯成時曾記述：「馬致遠忘年友」[三十二]，而張可久對馬致遠推崇備至，有作品《次馬致遠先輩韻九篇》讚頌馬氏，可惜後代史料缺乏，無法找到馬致遠與王伯成、張可久互有交遊的記載，因此筆者於下，將依馬致遠與其他散曲家作品，以及《錄鬼簿》記載多寡為據，分盧摯、劉致，李時中、紅字公、花李郎以及張玉岩三項說明。

（一）盧摯、劉致

文學創作者以文會友，彼此間常有作品交流。《東籬樂府》有小令〈和盧疏齋西湖〉四首，孫

[三十二] 同註二十三，頁十五。

楷第認定為馬致遠曾與盧摯共詠西湖的依據[三十三]。然而經筆者比較相關資料，得出共詠西湖者為盧摯、劉致兩人，並非孫楷第所述，或是瞿鈞所提出馬致遠、盧摯、劉致三人共同唱和[三十四]。筆者將以劉致〈水仙操並引〉所載、模仿衝動說，闡明即使馬氏並未與兩人同時共詠西湖，也不影響三人間文學作品交流。

盧摯（西元一二三五至一三〇〇）字處道，號疏齋，涿郡人。至元五年進士，大德初授集賢學士，持憲湖南，遷江東道廉訪使，後得入為翰林學士，遷承旨。他在元初是位很重要的作家，他和馮子振、貫雲石，都是這期很著名的作曲者。他的散曲約存小令四十九首，見楊氏二選中。作風蘊藉騷雅，終無逞才使氣和俚俗輕褻的作品。[三十五]

盧摯與多數生平不詳的元曲家相較，生卒資料均可考，其作品與馬致遠風格有類似之處：

[三十三] 孫楷第：《元曲家考略》，（臺北：文史哲出版社，民國七十八年六月），頁一三〇。

[三十四] 瞿鈞：《馬致遠論稿》，（香港：新世紀出版社，一九九三年三月），頁一五九。

[三十五] 梁乙真：《元明散曲小史》，（北京：商務印書館，一九九八年十月），頁一一一。

想人生七十猶稀，百歲光陰，先過了三十。七十年間，十歲頑童。十載尪羸。五十歲除分晝黑，剛分得一半兒白日。風雨相催，兔走烏飛。仔細沉吟，都不如快活了便宜。（盧摯〈蟾宮曲〉）

〔夜行船〕百歲光陰如夢蝶，重回首往事堪嗟。今日春來，明朝花謝，急罰盞夜闌燈滅。（馬致遠〈夜行船・秋思〉）[三十六]

以盧摯〈蟾宮曲〉和馬致遠〈夜行船・秋思〉首段相較，實有異曲同工之妙，兩首散曲對於生命無常，感懷人生如夢。正因盧摯與馬致遠時代相若，面臨同樣的社會環境與進退課題，故兩人作品有著共同聯繫。

劉致約為元成宗大德年間人，生平不詳，據譚正璧《中國文學家大辭典》所載：「今存有小令六十多首，散套三首，其中以水仙子西湖四時漁歌最著名。」[三十七]吳庚順、呂薇芬《全元散曲》對

[三十六] 按：〈夜行船・秋思〉「百歲光陰如夢蝶」中「如」字，周德清《中原音韻》採此，而隋樹森《全元散曲》與瞿鈞《東籬樂府全集》則作「一」字，考量音韻，校改為如。見同註十九，頁一四三與同註二十五，頁二三七。

[三十七] 譚正璧：《中國文學家大辭典》，（北京：北京圖書館出版社，一九九八年九月），頁八八七。

其記載為：

劉時中，名致，號逋齋，生卒年不詳，約卒於一三二四年前後，《錄鬼簿》將其列於前輩名公之列。石州寧鄉（今山西省呂梁地區）人，……劉致文詞清拔宏麗，為翰林學士姚燧所賞識，大德二年（一二九八）被薦為湖南憲府吏，歷任永新州判、河南省行掾、翰林侍制、江浙行省都事等職。後卒於杭州。《元史類編》將其撰入文翰傳，《太和正音譜》將其列入詞林英傑一百五十人之中……。[三十八]

劉致部分散曲風格與馬致遠幾近相同，茲舉兩例：

帶野花，攜村酒；煩惱如何到心頭，誰能躍馬常食肉。二頃田，一具牛，飽後休。（馬致遠〈四塊玉・嘆世三〉）

看野花，攜村酒；煩惱如何到心頭，紅纓白馬難消受。二頃田，兩隻牛，飽時候。（劉致〈四塊玉〉）

[三十八] 吳庚順、呂薇芬主編：《全元散曲》，（瀋陽：遼寧人民出版社，二〇〇〇年一月），頁六四一。

佐國心，拿雲手；命里無時莫剛求，隨時過遣休生受，幾葉綿，一片綢，暖後休。（馬致遠〈四塊玉・嘆世四〉）

佐國心，拿雲手；命里無時莫剛求，隨緣過得休生受，幾葉綿，幾匹綢，暖時候。（劉致〈四塊玉〉）

比較兩家小令可知，第一首〈四塊玉〉尚有不同之處：第四句馬致遠寫「誰能躍馬常食肉」，而劉致則寫「紅纓白馬難消受」，可將兩曲類似之因，解釋成仿作。然而後面兩首〈四塊玉〉，兩人所寫幾乎完全相同。主要差別為第四句「隨時過遣休生受」的「時」字（馬致遠〈四塊玉・嘆世四〉）與「隨緣過得休生受」的「緣」字（劉致〈四塊玉〉）及第六句「一片綢」（馬致遠〈四塊玉・嘆世四〉）和「幾匹綢」（劉致〈四塊玉〉），故明顯有作品歸類的問題。上述〈四塊玉〉兩首，看來為馬致遠所作[三十九]，劉致仿作可能性較高。

[三十九] 按：馬致遠尚有一首四塊玉作品，內容如下：帶月行，披星走；孤館寒食故鄉秋，妻兒胖了咱消瘦。枕上憂，馬上愁，死後休。（馬致遠〈四塊玉・嘆世五〉）這首作品不管在宮調及押韻上都與兩首小令有異曲同工之妙，然而〈四塊玉・嘆世五〉《梨園樂府》卻認定為馬致遠作品，基於內容的相似性，筆者以為這些作品應為馬致遠所寫無誤。見隋樹森：《全元散曲》，（北京：中華書局，二〇〇〇年九月），頁二三八。

柏拉圖與亞里斯多德皆以為：「人生來就具有模仿之本能，一切藝術創作皆是模仿本能的表現。……模仿必須要有榜樣，女兒玩扮家家酒的遊戲中母親的角色扮演，就是一種練習作母親的方式，換言之，人會從其相處相近之人，去尋求模仿的機會與材料……」[四十]，故劉致與馬致遠應曾共同交遊。

劉致，在〈水仙操並引〉記錄共詠西湖事：

若把西湖比西子，淡粧濃抹總相宜。玉局翁詩也。填詞者竊其意，演作世所傳唱《水仙子》四首，仍以西施二子為斷章，盛行歌樓樂肆間，每恨其不能佳也。且意西湖西子，有「秦無人」之感。崧麓有樵者，聞而是之。即以春夏秋冬賦四章，命之曰西湖四時漁歌。其約：首句韻以兒字，時字為次之，西施二字為句絕，然後一洗而空之。邀同賦，謹如約。[四十一]

唱和者分別以西湖、西子為主題，設定創作規格。第一句以兒字結尾，第二句時字作結，最後一句

四十　張健：《文學概論》，（臺北：五南圖書出版公司，民國七十二年十一月），頁十六。
四十一　同註三十九，頁六六四。

要用西施兩字為壓軸。馬致遠與盧摯、劉致三人合計，共有十二首詠西湖之作[四十二]，以下為馬致遠作品：

春風驕馬五陵兒，暖日西湖三月時，管絃觸水鶯花市。不知音不到此，宜歌宜酒宜詩。山過雨顰眉黛，柳拖煙堆鬢絲：可戲殺睡足的西施　。（馬致遠〈湘妃怨・和盧疏齋西湖一〉）

採蓮湖上畫船兒，垂釣灘頭白鷺鷥，雨中樓閣煙中寺。笑王維作畫師，蓬萊倒影參差。薰風來至荷香淨時：清潔煞避暑的西施。（馬致遠〈湘妃怨・和盧疏齋西湖二〉）

金卮滿勸莫推辭，已是黃柑紫蟹時。鴛鴦不管傷心事，便白頭湖上死。愛園林一抹胭脂，霜落在丹楓上，水飄著紅葉兒：風流煞帶酒的西施。（馬致遠〈湘妃怨・和盧疏齋西湖三〉）

人家籬落酒旗兒，雪壓寒梅老樹枝，吟詩未穩推敲字，為西湖拈斷髭。恨東坡對雪無詩，休道是蘇學士、韓退之：難妝煞傅粉的西施。（馬致遠〈湘妃怨・和盧疏齋西湖四〉）

四十二　按：劉致作品曲牌雖名為〈水仙子〉但依吳庚順、呂薇芬《全元散曲》〈水仙操並引〉注釋所載〈水仙子〉與〈湘妃怨〉為同一曲牌。見同註三十八，頁六五四。

以下為盧摯歌詠西湖作品：

湖山佳處那些兒，恰到輕寒微雨時，東風懶倦摧春事。嗔垂楊裊綠絲，海棠花偷抹胭脂。任吳岫眉尖恨，厭錢塘江上詞，是箇妒色的西施。（盧摯〈湘妃怨・西湖一〉）

朱簾畫舫那人兒，林影荷香雨霽時，樽前歌舞多才思。紫雲英瓊樹枝，對波光山色參差。切香脆江瑤膾，擘輕紅新荔枝，是箇好客的西施。（盧摯〈湘妃怨・西湖二〉）

蘇隄鞭影半痕兒，常記吳山月上時，閒尋靈鷲西巖寺。冷泉亭偏費詩，看煙鬟塵外豐姿。染絳綃裁霜葉。釀清香飄桂子，是箇百巧的西施。（盧摯〈湘妃怨・西湖三〉）[43]

梅梢雪霽月芽兒，點破湖煙雪落時，朝來亭樹瓊瑤似。笑魚蓑學鷺鷥，照歌臺玉鏡冰姿。誰

四十三 按：句中「閒尋靈鷲西巖寺」，「閒」本作「閑」。《說文解字》：「閑，闌也。從門中有木。」段玉裁注：「引伸為防閑，古多借為清閒字。又借為嫺習字。」由段注及散曲句意可明「閑」應為「閒」，校改。以下列舉各家散曲「閑」字若句意不變，均從本註校改為「閒」，不贅述。見段玉裁：《說文解字注》，（臺北：黎明文化事業公司，民國六十三年九月），頁五八九與同註三十九，頁一三三。

僝僽鴟夷子。也新添兩鬢絲。是箇淡淨的西施。（盧摯〈湘妃怨・西湖四〉）

以下乃劉致詠西湖之作：

湖山堂下鬧竿兒，爛熳韶華三月時，朝來風雨催春事，把鶯花攛斷死。映蘇隄紅綠參差。淺絳雪絨桃萼，嫩黃金搓柳絲，風流煞鬬草的西施。（劉致〈水仙操〉）

蝦鬚簾捲水亭兒，玉枕桃笙夢覺時，荷香勾引薰風至，掬清漣雪藕絲。嫩涼生壁月瓊枝。鸞刀切銀絲膾，蟻香浮碧玉卮，受用煞避暑的西施。（劉致〈水仙操〉）

西風逗入耍窗兒，一扇新涼暑退時，白蘋紅蓼多情思，寫秋光無限詩。占平湖一抹胭脂。荷缺翠青搖柄，桂飄香金綴枝。快活煞玩月的西施。（劉致〈水仙操〉）

梅花初試膽瓶兒，正是逋郎得句時，彤雲把斷山中寺，軟香塵不到此。怯清寒林下風姿。侵素體添肌粟，妒雲鬟老鬢絲。清絕煞賞雪的西施。（劉致〈水仙操〉）

三人各寫四首作品，分別記述西湖四季景色。但以〈水仙操並引〉所載作曲格律：首句韻用兒字，時字次之，西施二字為句絕檢驗，馬致遠只有第一首作品符合，盧摯與劉致四首詠西湖之作，則全部合於〈水仙操〉載錄規定。由〈水仙操並引〉所載，可了解此次唱和，只有劉致、盧摯兩人。就上述分析，筆者以為，馬致遠並沒有參加這場共詠西湖之約。可能在看到盧摯作品後，頗有一較長短的意味下，度出歌詠西湖之作。馬氏四首歌詠西湖作品，描繪景色自然，如臨其境，可推斷其應有實際遊賞的經驗。但馬氏為大都人，故只有在任職江浙省務提舉時期，始能「竊會計之餘功，而自放於山水間」。是故，即使三人並無一同唱和西湖，依「模仿衝動說」來檢視三人之間的關係，仍互有交集與影響。

（二）李時中、花李郎、紅字李二

據《錄鬼簿》天一閣藏明鈔本對李時中的記載，可知馬致遠與李時中、花李郎、紅字李二共組元貞書會：「元貞書會，李時中、馬致遠、花李郎、紅字公，四高賢合捻《黃粱夢》。東籬翁，頭折冤。第二折，商調相從。第三折，大石調。第四折，是正宮。都一般愁霧悲風。黃粱夢，鍾離單化呂純陽，開壇闡教黃粱夢，一折馬致遠，一折紅字李二，一折花李郎，一折李時中。」[四十四]《錄鬼

[四十四] 同註二十三，頁二十三、二十四。

簿》於花李郎一段指出花李郎為劉耍和婿，並且時代介在大德、元貞[四十五]，可為大德、元貞年間，馬致遠、李時中、花李郎、紅字李二互有交遊的佐證。《錄鬼簿》列四人於前輩才人有所編傳奇於世者，更可說明四人同時。當時書會，由文人與賣藝者合組而成，目的為了集體創作劇本。既然同為元貞書會成員，又曾合撰黃粱夢雜劇，可見四人頗有交情。

譚正璧《元曲六大家評傳》記述其對元貞書會的看法：「元賈仲明凌波仙詞中所云：李時中、馬致遠為文人學士，而李花郎與紅字公（紅字李二）皆為倡夫。夫當封建時代，文人學士竟甘與倡夫合流，則彼時在異族統治下文人不得志之狀況，於此可見一斑焉。」[四十六]譚正璧以文人觀點，看待馬致遠與倡夫合流之事，所見不免限於一隅，筆者則以為，文人能與民間人士交流，對戲曲發展，有重大、積極的意義，不但可將士人文學帶給民間，美化民間文學內容；而士人透過交流亦可吸納民間文學滋養，從而豐富作品，對於提昇作品藝術性及題材內容的增加，都有正向效果。此乃馬氏傳承《詩經》向民間學習之優良傳統，中國文學也在這些書會中人的努力下，多所精進。

[四十五] 同註二十三，頁二十九。
[四十六] 譚正璧：《元曲六大家評傳》，（上海：文藝聯合出版社，一九五五年十月），頁二二六。

（三）張玉岩

張玉岩為元代書法家，馬致遠好友，生平不詳[四十七]。從馬致遠散套〈哨遍・張玉岩草書〉，可知馬氏與張玉岩頗有交情。現摘錄〔哨遍〕一段：

〔哨遍〕自唐晉傾亡之後，草書掃地無蹤跡。天再產玉岩翁，卓然獨立根基。甚綱紀，胸懷灑落，意氣聰明，才德相兼濟。當日先生沉醉，脫巾露頂，裸袖揎衣。霜毫歷歷蘸寒泉，麝墨濃濃浸端溪。卷展霜縑，管握銅龍，賦歌赤壁。〈哨遍・張玉岩草書〉

瞿鈞指出：「馬致遠筆下的張玉岩神氣活現，躍然紙上。……『日先生沉醉，脫巾露頂，裸袖揎衣。霜毫歷歷蘸寒泉，麝墨濃濃浸端溪』能將玉岩翁的形象寫得如此真切動人，可見作者和玉岩翁的關係非同一般。」[四十八]筆者以為從馬致遠描繪張玉岩的筆法，亦可知兩人交情：

四十七 同註十九，頁一二四、一二五。

四十八 同註三十四，頁一五九。

〔么〕仔細看六書八法皆完備，舞鳳戲翔鸞韻美，寫長空兩腳墨淋漓，灑東窗燕子銜泥。甚雄勢，斬釘截鐵，纏葛垂絲，似有風雲氣。據此清新絕妙，堪為家寶，可上金石，二王古法夢中存，懷素遺風盡真習。料想方今，寰宇四海，應無賽敵。

能夠對張玉岩書法摹寫如此深刻，可見兩人應有長時間的交遊，即使張氏事蹟不入史傳，我們尚可透過馬致遠〈張玉岩草書〉，了解在當代曾經有一位「四海縱橫第一管筆」的書法家。

透過馬致遠散曲和其他曲家作品與《錄鬼簿》對各曲家的記述，可歸納馬致遠交遊豐富而多彩，不僅與同時代文人有作品往來，和當時書法家也有交情，且加入元貞書會，為當代民間文學投注心力，其精神甚至感動晚輩張可久，〈慶東原・次馬致遠先輩韻九篇〉將馬氏人格特質描繪的相當成功[四十九]。若論述馬氏這位真性情的文學家，總以生平不詳四字帶過，筆者以為將是文學史上的一大損失。

四十九　按：張可久散曲〈慶東原・次馬致遠先輩韻九篇〉小令九首，乃張氏描述馬致遠閒適及退隱田園的作品。筆法生動，觀察入微。見同註三十九，頁八〇六——八〇八。

第三節　人格思想

馬致遠距今約六百多年，因事蹟未列史傳，致使後輩所能掌握的研究資料相當缺乏，所幸馬氏留存散曲數量可觀，作品為作者嘔心瀝血的產物，常隱含作者思想、感情並反映當代社會背景，再加上馬氏常將豐沛情感寄寓其作品，由文本探究作者人格，有相當的準確性。同時近二百年心理學，以研究人的問題為宅體，相關研究成果，均有重大發現與貢獻，筆者欲結合心理學相關理論，對馬致遠人格思想深度研討。

「人格（Personality）一詞是由拉丁字 persona 衍生而來，意指戲劇演員所使用的一種面具」[五十]。美國心理學家赫根漢以為：「人格為遺傳、學習、文化社會、自我意識、特質以及潛意識機制各種因素的作用所產生的結果」[五十一]。心理學認為，個人與社會的關係及其所面臨的現實情境，都會對人發生影響，因此這些客觀條件左右個人行為，決定人格發展。馬氏常於作品中展現深刻的自我，

五十　車先蕙等譯：《人格理論》，（臺北：揚智書局，民國八十六年），頁九。
五十一　譚直敏譯：《人格心理學》，（臺北：五洲出版社，民國七十八年四月），頁十一。

如：〈金字經・失題〉三首小令，自命不凡的表述，然而所處的社會卻無法讓馬氏有機會一展長才，最後演變成馬氏人格思想，無可奈何的宿命論調，如：〈行香子——無也閒愁〉、〈清江引・野興〉等作品。但馬致遠並非全然怨嘆不遇，隨著元代社會價值多元發展，馬氏亦試圖在自我認知上調適，〈壽陽曲・瀟湘八景〉描繪自然，給讀者平靜恬淡的感受。馬氏轉化自身遭遇之不順，改以對自然景物的描寫，最後更在作品中，展現人生自覺，如：散套〈新水令・題西湖〉。馬致遠不但豐富其散曲內容與意境，突破自古士人非仕不可的決心，對於自我認知、生命期許以及生活方式，有更為精彩的理解與實踐。以下筆者將就自我展現、宿命意識、愛好自然、人生自覺四方面論述馬致遠人格思想。

一、自我展現

明白我們是誰？為何會在這裡？一直是哲學的第一個問題[五十二]。中國長久以來，在仁義道德之教化下，強調「自我」被視為「缺乏團體觀念」與「個人主義」，筆者以為探索自我、表白個人當

[五十二] 喬斯坦・賈德：《蘇菲的世界》，（臺北：智庫公司，民國八十五年十一月），頁二十六。

是合理的自我展現，可惜歷代文士，鮮少有勇氣於文本中傳達個人思想，因為當「溫柔敦厚」成為寫作上的美學與規範後，我們的文詞始終在「哀而不怒，怨而不傷」的原則上打轉，至於「作者」所欲抒發之情感，不斷被壓抑，而馬致遠卻能將「自我」展現盡致。王忠林認為「馬致遠在散曲中最能表現自我」[五十三]，其「自我」色彩不僅表述於散曲，雜劇方面亦有展現。以下，筆者欲採馬斯洛（Maslow）需要層次理論，詮釋其展現自我的心態。

需要層次理論，將人依「需要」的狀態，從基本生理、安全等需要到自我實現，共分為五個層級[五十四]，馬斯洛以為，若低級的需要不能夠得到滿足，高一級的需要也就不能充分發揮。需要層次理論以自我實現為最高境界，當一個人對自己完全滿意，沒有任何自卑、自棄或厭惡自己的跡象時，

[五十三] 按：原文為：「馬致遠在散曲中最能表現自我，尤其對他中年以後的生活和思想，表現更為透徹。在曲中表現了他的懷才不遇的悲憤，表現了退隱自娛的願望，同時也道出了他對人生富貴利祿的輕視和遠拋……」，王忠林將表現懷才不遇、退隱自娛以及馬氏對人生富貴利祿的輕視等作品都歸類於自我表現中，但筆者覺得此三者有程度上的差別，因此一些王忠林歸類於自我展現的作品，在筆者則置於宿命意識、投身自然或人生自覺中。請參考王忠林、應裕康：《元曲六大家》，（臺北：東大圖書公司，民國六十六年二月），頁一七七。

[五十四] 按：這五個層級分別為生理、安全、歸屬與愛、自尊以及自我實現。

即進入最高層級。賈馥茗《人格心理學概要》指出：「自我實現者的價值系統建立在承認自己、人、社會等性質。」[五十五]因此，自我實現者是自信、自尊與投入社會的。中國知識分子，在儒家思想薰陶下，以為天地盡心、為生民立命、為往聖繼絕學、為萬世開太平自許，此一使命感需透過「仕」來實踐。元代社會及種族多元，使原有價值體系受到衝擊：「轉變的過程中，廣大知識分子淪入到社會的底層，最大的痛苦不是山河變異，而是高度發展的封建制度及其思想文化體系的崩潰所導致的人格扭曲和自我的迷失。」[五十六]知識分子欲以積極入世，推展其經世濟民的理想，此管道卻因異族統治與社會變遷而受阻，馬致遠在作品中表現懷才不遇的悲憤：

> 絮飛飄白雪，鮓香荷葉風。且向江頭作釣翁，窮，男兒未濟中。風波夢，一場幻化中。〈金字經・失題一〉
>
> 擔頭擔明月，斧磨石上苔。且做樵夫隱去來，柴，買臣安在哉！空巖外，老了棟梁材。〈金

五十五　賈馥茗：《人格心理學概要》，（臺北：三民書局，民國八十六年十一月），頁一〇九。

五十六　韋德強：〈在「夾縫」中自我掙扎——從元代文人精神價值的裂變看元曲隱逸意識〉，（百色《右江民族師專學報》，二〇〇一年三月，第一期），頁三十九。

字經・失題二〉

夜來西風裏，九天鵰鶚飛。困煞中原一布衣，悲，故人知未知。登樓意，恨無上天梯。〈金字經・失題三〉

馬致遠自命不凡，但因時勢所迫，有志難伸，自我實現成為幻影，絕望的他將感情抒發於文字中，無一不是真切的吶喊。關於〈金字經・失題〉三首小令，亦有學者研究：「朱買臣早年的賣薪自給，王仲宣依附劉表時的志不獲伸正是作者仕途不濟、不為世所用的寫照。『空巖外，老了棟梁材。』，在強烈的激憤中足見作者對自己才能的自負；而『恨無上天梯。』的呼號，隱含著作者多麼炙熱的仕宦欲望！」[五十七] 陸力以為：「當元代知識分子整個群體被貶至社會的底層時，『世棄』已帶有普遍性，與平民階層為伍的元曲作家對『世棄』的感受也更加敏銳、深刻。」[五十八] 因此他們沒有前代詩

五十七 張進德：〈市井平民的真情與失意文人的悲愴——關漢卿、馬致遠嘆世、情愛散曲比較〉，（開封《河南大學學報社會科學版》，一九九九年一月，第一期），頁四十八。

五十八 陸力：〈亂世悲歌中的無奈之音——元曲作家命運觀念探微〉，（十堰《十堰職業技術學院學報》，二〇〇〇年九月，第三期），頁十六。

人為文般的含蓄，反以直接的方式，為自我出路不順發出訊號，期望產生聲納效果，讓自己得到相對關照。在弱勢與被動雙重壓力下，促使馬致遠展現「自我意識」，但過度自我展現則容易走向宿命，使得人格顯得消極、悲觀與命定。

二、宿命意識

宿命乃因人類無力改變現況，產生的命定論。西周時，對於「命」的課題，孔子、孟子即有探索：「孔丘以前的夏殷周傳統思想，往往把宇宙和人類社會最高主宰稱為『天』，把支配社會生活的盲目異己力量稱為『命』。孔丘接受這個傳統，有時把『天命』作為一個概念使用，看成是一種神祕的主宰力量。」[五十九]孔子部分思想與天命有關《論語・憲問》：「道之將行也與，命也。道之將廢也與，命也。」[六十]如此天下有道或無道，由天決定，人無從改變。《孟子》中亦常引用《詩經・大

五十九　李錦全等主編：《中國哲學史》，（北京：人民出版社，一九九一年五月），頁七十三。

六十　按：天命思想學者研究多以迷信色彩視之，筆者以為孔子據今數千年，當時科技並不發達，故天命思想可視為古人認識環境之初步，為正常現象。

雅‧文王》來闡明天命靡常[六十一]。宿命意識早駐足於中國人內心，並非只限於元代文人，馬致遠散曲也多見宿命成分，作者企圖於作品中，描述歷史人物雖積極努力，但仍無法逃脫年壽、生死等命限，以驗證自己宿命有理，消極無罪。

中國社會層級由上而下，略分為皇帝、貴族、官吏、士以及農工商等五個階層，五階層中又分為兩大系統。第一個系統是皇帝與貴族，以血緣或姻親關係維持，第二個系統是官吏以下各個層級[六十二]。當某個層級欲往上、下一層階級進展時，就會產生「社會流動」。士與平民向上流動的方式有二：靠自身能力通過科考，或透過商業、手工業致富，轉為地主層級。傳統士人受儒家思想薰陶，其價值認知總以為「萬般皆下品，惟有讀書高」，自然不肯屈就平民、工、商人階層的社會流動管道，因此欲提高其社會地位，唯有透過科考一途。但第一節論述時代背景時曾提及，士人當時社會

[六十一] 按：《孟子‧離婁》得見孟子引用《詩經‧大雅‧文王》以闡明天人關係，如：「永言配命，自求多福」與「商之孫子，其麗不億；上帝既命，侯于周服。侯服於周，天命靡常；殷士膚敏，祼將于京。」由此可見《孟子》內涵的天命觀念。

[六十二] 李亦園、楊國樞編：《中國人的性格科際綜合性的討論》，（臺北：中央研究院民族學研究所，民國六十三年六月），頁五十九、六十。

流動管道，因受限於元代怯薛制度，科舉不是量取人才的普遍方法。士人普遍沒有流動機會，也沒有讓自己可以提升地位的商業資本與手工業技術，故居社會底層。因此元代確實為中國士人性格變化的關鍵時刻。政治不得意、社會與制度變遷，促使他們必須對此劇變做出因應，韋德強以為：「處在這樣一個夾縫時代中元代文人精神價值空間的不平衡，使他們必須重新去省思一個新的政權與環境，於是元代文人原有的人格系統和價值系統不斷被質問和拆毀，於是靈魂棲息的家園失去了，人們無法在空無之中確立自己的生存位置，於是元代文人這些被放逐者處於自我迷失的狀態。」[六十三]因此他們把不如意歸咎於命運之捉弄，宿命意識也充斥著作者思想與作品，此觀念影響元代多數文人，馬致遠也不能自脫其外。

馬氏將宿命意識表現於散曲中所描寫的人物，這些曾叱咤風雲、不可一世的豪傑文士們，在馬致遠筆下都成為逃脫不了命限的悲劇英雄。以下筆者分壽與願違、亡命英雄及忠臣悲歌探討：

[六十三] 同註五十六，頁三十九。

（一）壽與願違

生死，時至今日仍為人類所面臨到最大的難題。馬致遠藉「壽與願違」強調曾經呼風喚雨、豐功偉業者，依然難逃一死。一代梟雄曹操，隨時間流逝，不過也化為一抔黃土：

誇才智，曹孟德，分香賣履純狐媚。奸雄那裏平生落的，只兩字征西。不如醉還醒，醒而醉。〈慶東原・嘆世四〉

路傍碑，不知誰，春苔綠滿無人祭。畢卓生前酒一杯，曹公身後墳三尺，不如醉了還醉。〈撥不斷・失題三〉

而神機妙算，曾使劉備三顧茅廬的諸葛亮又如何？

三顧茅廬問，高才天下知，笑當時諸葛成何計。出師未回，長星墜地，蜀國空悲。不如醉還醒，醒而醉。〈慶東原・嘆世三〉

畫籌計，墮淚碑，兩賢才德誰相配。一個力扶漢基，一個恢張晉室，可惜都壽與心違。不如

醉還醒，醒而醉。〈慶東原・嘆世五〉

忠心老臣一樣也受到命運牽制，即使諸葛亮計無遺策，也無法擺脫生死命運，這形成馬致遠宿命意識強而有力的佐證。

（二）亡命英雄

項羽、韓信兩位軍事將才，曾建立無數軍功，亦逃脫不了命運束縛，史書所載二人由掘起到衰敗的過程，無不令人嘆惋：

拔山力，舉鼎威，喑嗚叱咤千人廢。陰陵道北，烏江岸西，休了衣錦東歸。不如醉還醒，醒而醉。〈慶東原・嘆世一〉

明月閒旌旆，秋風助鼓鼙，帳前滴盡英雄淚。楚歌四起，烏騅漫嘶，虞美人兮。不如醉還醒，醒而醉。〈慶東原・嘆世二〉

楚霸王火燒了秦宮室，蓋世英雄氣。陰陵迷路時，船渡烏江際，則不如尋個穩便處閒坐地。

〈清江引・野興五〉

項羽一世英豪，卻只見他兵敗之際「帳前滴盡英雄淚」，馬氏雖語帶夸飾，但也說明英雄走到窮途末路的悲哀：

> 競江山，為長安，張良放火連雲棧，韓信獨登拜將壇，霸王自刎烏江岸，再誰分楚漢！〈撥不斷・失題十二〉

項羽自刎烏江，乃因韓信等人善戰，因此馬致遠以「韓信獨登拜將壇，霸王自刎烏江岸」敘述兩者間的承繼關係。既然韓信終結項羽發展，替劉邦除去心頭大患，當可拜將封相、榮華一身，可是韓信慘遭誅滅，其下場卻也令人不勝唏噓：

> 咸陽百二山河，兩字功名，幾陣干戈。項廢東吳，劉興西蜀，夢說南柯。韓信功兀的般證果，蒯通言那裏是風魔，成也蕭何，敗也蕭何，醉了由他。〈蟾宮曲・嘆世二〉

淮陰侯韓信墓前有副對聯：「生死一知己，存亡兩婦人」，兩句短語，概括韓信生平大事。對聯所指一知己為蕭何，韓信發跡乃因蕭何提拔，遭受滅族之禍更是蕭何向呂后所獻計。這副對聯也間接道出韓信無法擺脫命限的悲哀。由馬致遠小令雖可見其對項羽、韓信隱含著同情，然而兩位亡命英雄的結局，更強化馬致遠宿命意識，此由作品中再三強調「醉了由他」、「不如醉還醒，醒而醉」等語句可知。

（三）忠臣悲歌

愛國詩人，一心為國，卻難離宿命陰影，屈原高尚的儒者風範，後世總給與先前裕後之評價，但馬致遠對總屈原抱以嘲弄與不解：

菊花開，正歸來，伴虎溪僧鶴林友龍山客，似杜工部陶淵明李太白，有洞庭柑東陽酒西湖蟹，哎，楚三閭休怪。〈撥不斷・失題七〉

酒杯深，故人心，相逢且莫推辭飲，君若歌時我慢斟。屈原清死由他恁，醉和醒爭甚。〈撥不斷・失題九〉

馬氏無法接受屈原一心為國，卻不知變通，自沉汨羅江，所以強調「屈原清死由他恁」，雖然馬氏對屈原有著責難與不解，但馬致遠內心則同情多於責言：「元代散曲作者對屈原的態度，在表面上似乎責怪他『何須自苦風波際』、『醉和醒爭甚』，但是在內心中同情他、惋惜他。而且『行吟澤畔』、『憔悴江干』的屈原悲哀形象，其實是散曲作者對自己的寫照而已。他們從屈原的悲運，感到同病相憐之情。也是亂世文人的共同心境。」[六十四]儒家「知其不可而為之」的價值觀，早在中國士子內心紮根滋長，這種「眾人皆醉我獨醒」的儒者情懷，在元代紛擾政治環境下，已無用武之地，即使馬致遠一再強調屈原「忠誠的愚昧」，其實心中總帶著「英雄惜英雄」的情誼，因為屈原彷若自己，就是命定論下，一個想要有所作為，卻被早被命運注定的靈魂。

由上述散曲分析，可知馬氏宿命意識強烈，既才華洋溢，卻又懷才不遇，馬氏總要找尋理由，於是宿命意識，成為才不見用的藉口，也是當時代文人普遍的歸因。社會學者帕森士曾提出角色理論[六十五]，他以為：「個人與情境的交互作用會產生相對的社會行為。」筆者亦嘗試以此理論，檢視馬

[六十四] 尹壽榮：《元散曲所反映之文人思想》，（臺北：國立政治大學中國文學研究所博士論文，民國七十五年五月），頁一四一。

[六十五] 按：帕森士指出社會體系的概念單位為角色。角色代表個人在社會團體中的地位與身分，同時包含著許多社會上，其他人所期望於個人表現的行為模式，所以角色必然是互補的，總是牽涉到人我之相對關係。見陳奎喜：《教育社會學研究》，（臺北：師大書苑，民國八十五年十月），頁一四八。

致遠人格思想。馬氏面臨的處境使其「自我實現」幾成幻影，透過人格與情境交互作用，宿命意識於是深入人心——從自己到歷史人物，全都逃不開命運捉弄，不過將所有不順遂都指向命限，也左右了當代士人前進的原動力：「元代是士人普遍求仕無門的時代，宿命意識的高漲，不僅對政治特權的失去耿耿於懷，質疑讀書的意義，而且也因其柔弱、滯塞的性格，促使甘在此較為不利的處境中，不能淬礪、昇華出積極價直、自覺向上的精神人格，反而走向充滿否定情緒的虛無史觀。」[六十六]曾珊以為：「在消極虛無的背後，元曲中對人生的反思又孕含著現實——反判的時代內容，元散曲中對進取人生觀持懷疑的態度，徹底否定……」[六十七]，如此一來儒家「義命分立」[六十八]原則，沒有辦法得到應有的發揮，知識分子內省精神幾乎停滯不前，整個社會也充滿命定論與否定思想。

六十六 簡隆全：《元散曲隱逸意識研究》，（臺中：東海大學中國文學研究所碩士論文，民國八十四年六月），頁四十三。

六十七 曾珊：〈隱士和浪子的抗爭——論元曲作家的複雜心態〉，（南昌《江西教育學院學報》，一九九七年一月，第一期），頁七十八。

六十八 按：「命」指人們即使努力也無法決定是否成功的限制，而「義」指人的一種價值自覺，此自覺經開展，表現於外就是儒家思想的精華——知其不可而為之。可參考勞思光：《新編中國哲學史》，（臺北：三民書局，民國八十六年十月），第一冊，頁一四二。

所幸透過自我調適，馬氏為其生命找到暫時棲息的空間：「文人對歷史、對現實感到灰心與絕望。而唯一能使他們感到一點欣慰的，是山水自然間的寄情。」[六十九]在自然情境陶冶下，馬氏消極意識逐漸消弭。

三、愛好自然

元代知識分子，在社會價值劇變的情境下，嘗試為自己尋找出口，多數文人寄託心靈於景，愛好自然進而寫意山水。是項人格表現源於道家思想，《老子》第一章開宗明義即云：「道可道，非常道」[七十]，並且在第二十五章提及：「人法地，地法天，天法道，道法自然」[七十一]，「道」即代表道家中心思想，「自然」則為「道」之精髓。莊子更將「道」的真義，加以闡發：「莊子認為，『道』是超越時間、空間而存在，所以道體遍在，天地萬物都是『道』的存在。莊子所謂的道，就是自然，

六十九　同註六十四，頁一七九。
七十　樓宇烈校釋：《王弼集校釋》，（臺北：華正書局，民國八十一年十二月），頁一。
七十一　同前註，頁六五。

莊子主張的修道工夫，就是順應自然。……因為人若能順應自然，就可以與道合一，與天地精神往來，不因現實的羈絆而受限，在困阨中獲得解放，徜徉於逍遙的境界。」[七十二]不僅是道家，西方學者康德《判斷力批判》也提出：「在最廣泛的意義上，我們自己也是自然的一部分。」[七十三]自然與人關係密切，孫靜以為：「人們的生活大致可以歸納為兩個範疇：一個是行為範疇，即一個人具體所做的事，古人稱之為「跡」……另一個就是精神範疇，即人的精神生活，古人往往稱之為「心」。人們在「跡」這一方面不順暢的時候，還可以從「心」上尋找彌補，進入精神中的天地。」[七十四]找尋彌補之過程就是心理學所謂的自我調適。相對於行為範疇來說，精神領域受限較少，且具不可測量的特性，故可減少外力干預與約束，使得人們可以自由去追求、擴展精神領域，成為其精神範疇中的主宰。

因此「自然景物」就是馬致遠所找尋的寄託，它將馬氏宿命思想淨化，並提昇到另一個較健康的層次。小令〈撥不斷・失題〉為馬氏愛好自然的代表作，瞿鈞以為這組小令，估計其中大部分是

七十二　朱榮智：《莊子的美學與文學》，（臺北：國立編譯館，民國八十七年四月），頁三六。

七十三　康德著　韋卓民譯：《判斷力批判》，（北京：商務印書館，一九八七年二月），下卷，頁二十四。

七十四　孫靜：《陶淵明的心靈世界與藝術天地》，（鄭州：大象出版社，一九九七年四月），頁六十四。

作者中年階段的作品[七十五]，筆者以為這一系列的作品，正表現馬致遠自我調適的過程與結果。十五首小令，前半部充斥命定思維與虛無主義，雖表面描繪自然，但事實並非純粹寫景，只有後期作品，才得見馬致遠「真正」走向自然。由小令〈撥不斷・失題〉，列舉三例，可見馬氏人格轉變的漸進過程：

布衣中，問英雄，王圖霸業成何用，禾黍高低六代宮，楸梧遠近千官冢，一場惡夢！〈撥不斷・失題十一〉

菊花開，正歸來，伴虎溪僧鶴林友龍山客，似杜工部陶淵明李太白，有洞庭柑東陽酒西湖蟹，哎，楚三閭休怪。〈撥不斷・失題七〉

馬致遠跳脫宿命，將官場生涯視為惡夢一場，在自然啟迪下，懷抱青山綠水與農村漁樵，最後則進入愛好自然的境界：

立峰巒，脫簪冠，夕陽倒影松陰亂，太液澄虛月影寬，海風汗漫雲霞斷，醉眠時小童休喚。

七十五 同註十九，頁七十四。

〈撥不斷・失題十五〉

馬致遠開拓人生里程，超越宿命意識，〈瀟湘八景〉描繪自然，表現作者恬淡自得的感受：

花村外。草店西，晚霞明雨收天霽。四圍山一竿殘照裏，錦屏風又添鋪翠。〈瀟湘八景・山市晴嵐〉

夕陽下，酒旆閒，兩三航未曾著岸。落花水香茅舍晚，斷橋頭賣魚人散。〈瀟湘八景・遠浦帆歸〉

南傳信，北寄書，半棲近岸花汀樹。似鴛鴦失群迷伴侶，兩三行海門斜去。〈瀟湘八景・平沙落雁〉

漁燈暗，客夢回，一聲聲滴人心碎。孤舟五更家萬里，是離人幾行情淚。〈瀟湘八景・瀟湘夜雨〉

寒煙細，古寺清，近黃昏禮佛人靜。順西風晚鐘三四聲，怎生教老僧禪定。〈瀟湘八景・煙寺晚鐘〉

鳴榔罷，閃暮光，綠楊堤數聲漁唱。掛柴門幾家閒曬網，都撮在捕魚圖上。〈瀟湘八景・魚村夕照〉

天將暮，雪亂舞，半梅花半飄柳絮。江上晚來堪畫處，釣魚人一蓑歸去。〈瀟湘八景・江天暮雪〉

蘆花謝，客乍別，泛蟾光小舟一葉。豫章城故人來也，結末了洞庭秋月。〈瀟湘八景・洞庭秋月〉

八首小令以遠浦帆歸與魚村夕照，不假雕飾，渾然天成。作者寄情山水，轉化心境，這種崇尚自然的人生態度，最初也許是一種逃避，不過最後則提昇生命境界。

《莊子・漁父》以「真」代表自然：「禮者，世俗之所為也；真者，所以受於天也，自然不可易也。故聖人法天貴真，不拘於俗。愚者反此。不能法天而恤人，不知貴真，祿祿而受變於俗，故不足。」[七十六]孫靜以為：「萬物都按物性的本然生活，自由自在，自得自足，就是『真』的生活境界。」

[七十六] 郭慶藩：《莊子集釋》，（臺北：頂淵文化事業公司，民國九十年十二月），頁一〇三二。

[七十七]而《莊子・齊物論》則隱含天地與我並生，萬物與我合一的理想，在自然情境下，物我合一，不再只有絕對的個人主義，此為生命價值之淨化：「士人與山水相親的心靈，嚮往自然，描繪漁樵、鷗鳥。這是因為漁樵象徵逍遙自在、瀟灑不拘的人生情趣；而文學作品吟詠漁樵者之豐富多彩，更可知漁樵，在歷代文人、詩人、詞人的心目中是一種心靈的慰藉、永恆的嚮往。」[七十八]李澤厚《華夏美學》論及儒道互補時以為：

儒道相互滲透的結果，將審美引向深入，使文藝中對一草一木一花一鳥的創作和欣賞，也蘊含著、表現著對人生的超越態度，有了這一態度，就給現實世俗增添了聖潔的光輝，給熱衷於人際倫常和名利功業者以清涼冷劑，使為種種異己力量所奴役所扭曲者回到人的自然、回到真實的感性中來。……同時，有了儒道的這種互補，使中國士大夫知識分子更易於建立起其心理的平衡。這平衡不僅來自生活上人與自然的親切關係，而且也來自人格上和思想情感

[七十七] 同註七十四，頁六十二。

[七十八] 按：此觀念得自於王熙元〈從歷史淵源論元散曲中的漁樵鷗鷺〉見王熙元：《優游詞曲天地》，（臺北：東大圖書公司，民國八十五年五月），頁二九八、二九九。

上的人際超越。[79]

自然景物開拓馬氏人生境界，更突破馬致遠生命中的矛盾，使其人格表現，得以再進一步開展，走入個人對生命的自覺。

四、人生自覺

元代社會諸多變遷，士人在動盪中，不見安身立命之所，因此試著從各個角度尋找原因，其實這種自覺早在宋代時已產生，孫立《詞的審美特性》對宋詞的生命價值表現，析論獨到：

> 宋詞所表現出的生命意識，正體現了中國古代文人所意欲超越自然生存、追求身心相對自由的人生終極目標。在宋詞中，個體的生存方式被置於審美思維的觀照中心，人類的種種憂慮、煩惱也構成了藝術情感的主要成份，『自我』意識得到一定的昇華，雖然在當時的時代背景下，此一人格精神還不可能有完美的塑造，但從歷史的角度而言，這已極大限度地實踐人性

七十九 李澤厚：《華夏美學》，（香港：三聯書店，一九八八年十月），頁八八。

的完善。[八十]

作者突破詞學研究者對詞的見解，也引發筆者共鳴，孫立認為在宋朝時代背景下，自我人格精神還不可能有完美的塑造，筆者則有元曲則將自我人格，推展到了極致的感發。由此我們也得見文學史的連接與傳承，馬致遠更是箇中翹楚。孫立以為：「自漢代獨尊儒術，將中國文化哲學納入帝王政治統治的結構系統之後，對『自我』的認識，實際上被社會秩序的道德規範所制約。個體的生存欲望、生命形式的反思，不是被視為異端學說，就是被放在絕對服從的位置。」[八十一]因受團體制約，以致於多數人必須忽視個體價值，元代自我意識高漲，乃過度壓抑之反彈，更可說是作家們的自覺。試以散套〈新水令．題西湖〉尾聲與小令一首為例：

〔尾〕漁村偏喜多鵝鴨，柴門一任絕車馬。竹引山泉，鼎試雷芽。但得孤山尋梅處，苫間草廈。有林和靖是鄰家，喝口水西湖上快活煞。〈新水令．題西湖〉

八十 孫立：《詞的審美特性》，（臺北：文史哲出版社，民國八十四年二月），頁一〇五。

八十一 同前註，頁一〇四。

子孝順，妻賢慧；使碎心機為他誰，到頭來難免無常日。爭利名，奪富貴，都是痴。〈四塊玉・嘆世二〉

馬致遠視追求名利為愚痴，生活重心置於自然欣賞與家庭溫情，「但得孤山尋梅處，苫間草廈。有林和靖是鄰家」表現其淡泊名利，居住草廈也不改其樂。「子孝順，妻賢慧」則呈現家庭和樂的一面，馬致遠能對家庭題材進行描述，在中國文壇實屬少見，從中作者傳達欲回歸家庭，更可看出馬致遠以此自適。因時代變遷，士人無官可做而暫居田園，使士子調整「唯有讀書高」的心態，放下身段，體驗平民生活，領會庶民苦樂。異族統治的衝擊，反引導馬致遠走向人生自覺，在不如意中，尚能擁抱自然，不因外務美適而喜，不以己身困阨而悲，以樂觀的心態，面對人生進退。

人生自覺分為內外兩面，對內為致力自身人生境界開展，對外則是家庭觀念的重視。因中國家庭父親與孩子之間普遍缺少親情的生活模式，故相對外國家庭，國人在生活品質與親子溝通方面具顯著差異。簡隆全以為：「歷代文士苦求上天梯、攬青霄雲，往往較少能反身細察家庭的情趣與妻兒的親情，元代仕途蹇困，反而提供了與家庭親近的機會。」[八十二]馬氏終究了解仕宦之外，

[八十二] 同註六十六，頁一二七。

士人應回歸家庭、自我。此一覺醒，讓馬氏以正面心境，觀照萬物，所以能從宿命意識，蟬蛻到人生自覺，人格思想也從極端的負面形式，走向正面積極。散套〈青杏子・悟迷〉可見其人生自覺梗概：

〔青杏子〕世事飽諳多，二十年漂泊生涯，天公放我平生假。剪裁冰雪，追陪風月，管領鶯花。

〔歸賽北〕當日事，到此豈堪夸。氣概自來詩酒客，風流平昔富豪家，兩鬢與生華。

〔初問口〕雲雨行為，雷霆聲價。怪名兒到處裏喧馳的大，沒期程，無時霎，不如一筆都勾罷。

〔怨別離〕再不教魂夢返巫峽，莫燃香休剪髮。柳戶花門從瀟灑，不再踏，一任教人道情分寡。

〔擂鼓體〕也不怕薄母放訝掏，諳得知性格兒從來織下，顛不刺的相知不綣他，被莽壯兒的哥哥截替了咱。

〔賺煞〕休更道咱身邊沒摔剝，便有後半毛也不拔。活績兒從他套共榻，沾泥絮怕甚狂風刮。唱道塵慮俱絕，興來詩吟罷酒醒時茶。兀的不快活煞，喬公事心頭再不掛。〈青杏子・悟迷〉

首句「世事飽諳多，二十年漂泊生涯」，馬氏點明前半生為追求仕宦而漂泊，此時也是馬氏宿命意識最高漲的階段。透過調適，馬致遠自我意識已不再如此激烈，由「當日事，到此豈堪夸」，一反其「登樓意。恨無上天梯」之語，隨年華老去，馬致遠領悟官場本質，將「剪裁冰雪，追陪風月，管領鶯花」的生命情懷昇華，從山水、田園與家庭生活中，找回生命失落的情感，頗有陶淵明飲酒詩的況味：

> 結廬在人境，而無車馬喧。問君何能爾？心遠地自偏。採菊東籬下，悠然見南山。山氣日夕佳，飛鳥相與還。此中有真意，欲辨已忘言。（陶淵明〈飲酒〉）

知識分子受儒學思想教化，總有著先天下之憂而憂，後天下之樂而樂的文人風骨，以家國為己任，進亦憂、退亦憂，其生命情感相當沉重。士子的憂慮，在價值系統面臨崩潰的元代，更加顯明。仕宦機會受到阻礙，當然令人沮喪，可是就因為失去「仕」的契機，知識分子才能有多餘的心境去擁抱自我、體驗自然、回歸家庭與享受生活，更得以深思自身存在之價值：「元曲家比以往任何時代的文人士大夫，都更關心人的命運，人的存在價值。這不僅僅是遭逢的得意與失意的問題，而是整整一代人對總體上社會人生的深層思考。我們無法苛求元人，也不能簡單地對元散曲中所流露出來的人生短暫、死生無常乃至避世、玩世的處世態度加以指斥。」[八十三] 士人經歷千辛萬苦，有幸「一舉成名」，從平民苦讀一躍為官人，角色變換快速與適應等問題，恐怕也影響其心理狀態的健全。梁歸智〈元曲的人文精神和審美範型中〉以為：

> 元代的讀書人不必再老死在經書中，蹭蹬在科場上，他們雖然並非十分情願，卻不得不選擇另一條人生道路，那就是浪子與隱逸的道路……他（馬致遠）在隱逸山水和神仙道化中得到歸宿，完成了以隱逸情調為主、以浪子風流為輔的由儒向道的轉化。他成為元曲中的「狀元」，隱逸情調的化身，這難道不是成功的人生嗎？難道不比《儒林外史》裏那些周進、范進們生活的夠有質量嗎？[八十四]

再者，過度關心自我仕途發展，對其他事物漠不在意，且受科考只有標準答案的影響，使得士人處理問題時，容易被制式化而不自知，相較於這些「腐儒」，梁歸智也提到，無論雜劇或散曲，元代

[八十三] 同註三十一，頁十五。
[八十四] 同註二十一，頁三八四。

作者總在作品中表現濃郁的幽默氣氛：「它正表示元代人的精神狀態是放鬆的，開朗的，健康的。所謂鬥士精神是以一種明朗的人生態度為根基的，這與思想專制的社會中敢怒而不敢言的壓迫性變態心理完全不同」[八十五]

由上可知馬致遠的人生自覺既深且廣，他不但發覺個體存在的價值，也對當時社會傳統腐化部分進行批判，「頗似東坡，能以『一人』之身分曠達於『仙』的境界。」[八十六]無怪梁乙真讚嘆其「放曠灑落，善自排遣，是騷人復是達人。」[八十七]人生自覺對馬氏而言是個人的一小步，但對於整個元代而論，則是一大進步。社會多元，反而激發出健全的價值觀，文人終於自覺人生目標並非僅有讀書做官。筆者以為面對元代的歷史文化或文人作品時，若能在宏觀的角度上進行評價，發掘元人自覺帶給人格發展之正面影響，以及社會、家庭的積極意義，相信可對馬致遠人格表現與元代文人有更充分的了解與認知。

八十五 同前註，頁三九一。

八十六 唐桂芳：《馬致遠雜劇研究》，（臺北：國立政治大學中國文學研究所碩士論文，民國六十五年五月），頁一四八。

八十七 同註三十五，頁一二四。

以上筆者就四部分探討馬致遠人格思想，從中可知馬氏並非絕對的自我及宿命，透過時間與調適，得見其走向自然與人生自覺。隨著人格思想開拓，馬致遠的生命歷程亦不斷提昇，作品內容也隨之精鍊。我們也可以發現作品與作者間，具有深度關聯。

第三章　作品數量與宮調使用

第一節　作品數量

元代統治階級惟恐一般民眾或士子，藉文學發表機會形成特定集團，影響政權穩定，故以法令限制創作[一]，因此多數作品未載作者真實姓名或假託他人，造成後世散曲作者歸類紛亂，也間接產生各家版本收錄數量不一，同一散曲分見兩位作者的情況。馬致遠散曲原本沒有專集，任訥於一九三一年編校《散曲叢刊》時，將其作品輯成《東籬樂府》，共

[一] 按：《元史》卷一〇四《形法志》：「諸妄撰詞曲，誣人以犯上惡言者，處死。」又於《形法志》卷一〇五規定：「諸民間子弟，不務生業，輒於城市坊鎮，演唱詞話，教習雜戲。聚眾淫謔，並禁治之。……諸亂製詞曲，為譏議者流。」見宋濂等撰：《元史》，（北京：中華書局，一九九七年十月），卷一〇四〈形法志三〉、卷一〇五〈形法志四〉，頁二六八一、二六八五。

計有小令一〇四首，散套十七首，殘套五首[二]。一九四七年隋樹森進行《全元散曲》輯佚與校勘，所錄馬致遠散曲為小令一一五首、散套十六首、殘套七首。由於《全元散曲》收錄工作翔實完備，使得後人對馬致遠作品數量認定幾成定局，直至一九八〇年，於遼寧省圖書館，發現羅振玉舊藏元楊朝英所輯《樂府新編陽春白雪》明抄殘存六卷本後，馬致遠作品數量才正式確定。

任訥從各散曲總集搜羅資料，輯成《東籬樂府》，對馬致遠作品推展功不可沒。隋樹森《全元散曲》考證精良，後人難出其右。瞿鈞以發掘新資料，增廣馬氏作品研究空間，三項著作，影響深遠。故本文將探討任訥《散曲叢刊》、隋樹森《全元散曲》與瞿鈞《東籬樂府全集》收錄之散曲數量，以下簡稱三版本，並分別以任本、隋本、瞿本表述。《東籬樂府》數量，三版本所輯皆不同，茲將相關篇目與作品數列於下表：

[二] 按：任訥《散曲叢刊》曾提及輯錄馬氏作品過程：「《東籬樂府》一卷，乃馬致遠所撰散曲。輯自諸家選本及筆記者。小令百有四，套數十七，附錄殘闕不完全之套數五。」見任訥輯：《散曲叢刊》，（臺北：臺灣中華書局，民國七十三年六月），第一冊，頁一。

《東籬樂府》三版本篇目比較表

篇名	任本	隋本	瞿本
小令			
【仙呂】〈青哥兒・十二月〉	僅有第一首	十二首	十二首
【中呂】〈喜春來・六藝〉	六首	六首	六首
【南呂】〈金字經・失題〉	三首	三首	三首
【南呂】〈四塊玉〉	二十三首	二十三首	二十三首
【雙調】〈蟾宮曲・嘆世〉	二首	二首	二首
【雙調】〈慶東原・嘆世〉	六首	六首	六首
【雙調】〈清江引・野興〉	八首	八首	八首
【雙調】〈撥不斷・失題〉	十五首	十五首	十五首
【雙調】〈壽陽曲・失題〉	二十三首	二十三首	二十三首
【雙調】〈壽陽曲・瀟湘八景〉	八首	八首	八首

篇名	任本	隋本	瞿本
【雙調】〈湘妃怨・和盧疏齋西湖〉	四首	四首	四首
【越調】〈小桃紅・四公子宅賦〉	四首	四首	四首
【越調】〈天淨沙・秋思〉	僅有第一首	僅有第一首	三首
小令共計	一零四首	一一五首	一一七首
散套			
【仙呂】〈賞花時・長江風送客〉	一首	一首	一首
【仙呂】〈賞花時・孤館雨留人〉	一首	一首	一首
【仙呂】〈賞花時・掬水月在手〉	一首	一首	一首
【仙呂】〈賞花時・弄花香滿衣〉	一首	一首	一首
【中呂】〈粉蝶兒——寰海清夷〉	未收	一首	一首
【南呂】〈一枝花・惜春〉	一首	一首	一首
【南呂】〈一枝花・詠莊宗行樂〉	未收	未收《續補遺》收錄	一首

篇名	任本	隋本	瞿本
【大石調】〈青杏子・悟迷〉	一首	一首	一首
【大石調】〈青杏子・姻緣〉	一首	一首	一首
【般涉調】〈哨遍——半世逢場作戲〉	一首	一首	一首
【般涉調】〈哨遍・張玉岩草書〉	一首	一首	一首
【般涉調】〈耍孩兒・借馬〉	一首	一首	一首
【雙調】〈新水令・題西湖〉	一首	一首	一首
【雙調】〈行香子——無也閒愁〉	一首	一首	一首
【雙調】〈喬牌兒——世途人易老〉	列為殘套	列為殘套《續補遺》收錄	一首
【雙調】〈夜行船・秋思〉	一首	一首	一首
【雙調】〈夜行船——天地之間〉	列為殘套	列為殘套《續補遺》收錄	一首
【雙調】〈夜行船——簾外西風〉	列為殘套	列為殘套《續補遺》收錄	一首
【雙調】〈夜行船——一片花飛〉	未收	列為殘套《續補遺》收錄	一首

篇名	任本	隋本	瞿本
【雙調】〈夜行船——酒病花愁〉	未收	一首	一首
【雙調】〈夜行船——不合青樓〉	未收	未收《續補遺》收錄	一首
【商調】〈集賢賓・思情〉	一首	一首	一首
【雙調】〈錦上花〉	一首	未收	未收
散套共計	十七首	十六首含《續補遺》收二十二首	二十二首
殘套			
【中呂】〈粉蝶兒——至治華夷〉	一首	一首	一首
【黃鐘】〈女冠子——枉了閒愁〉	不列入殘套	一首	一首
【商調】〈集賢賓——金山寺〉	一首	一首	一首
【商調】〈水仙子——暑光催〉	不列入殘套	一首	一首
殘套共計	五首	八首含《續補遺》收計四首	四首

瞿鈞《東籬樂府全集》數量最齊全，除【雙調】〈錦上花〉一曲外，筆者採《東籬樂府全集》篇目，對照任訥《散曲叢刊》與隋樹森《全元散曲》收錄之馬氏作品，可知三者不但在數量上有差別，一些篇目也略有差異。以下筆者將就小令與散套兩部分說明三版本的區別。

一、小令

小令之差別為【仙呂】〈青哥兒〉任本與隋本、瞿本數量不一。【越調】〈天淨沙・秋思〉，瞿本所輯又與任本、隋本不同。茲分述如下：

（一）【仙呂】〈青哥兒〉

隋本和瞿本均列十二首，分別代表十二個月份，但任本僅收錄一首。經比對隋本和瞿本所收【仙呂】〈青哥兒〉十二首相同。任本所錄較隋本和瞿本，少十一首作品。隋樹森《全元散曲》，對此問題提出看法：「《梨園樂府》〈青哥兒〉十二首失注撰人，題作十二月。《太和正音譜》、《北詞廣正譜》並徵引正月一首，注馬致遠小令。《元明小令鈔》從之，如《正音譜》所注不誤，則以下十一首皆應屬東籬，茲全輯之。」[三]上項作品具關連性，此十二首小令應為同一人所作，而非任本僅收錄一首。

（二）【越調】〈天淨沙・秋思〉

〈天淨沙・秋思〉為馬致遠小令代表，《中原音韻》將其列為定格之作[四]，瞿本計有三首，而任本、隋本僅收錄第一首：

枯藤老樹昏鴉，小橋流水人家，古道西風瘦馬。夕陽西下，斷腸人在天涯。〈天淨沙・秋思〉

平沙細草斑斑，曲溪流水潺潺，塞上清秋早寒。一聲新雁，黃雲紅葉青山。〈天淨

三　隋樹森：《全元散曲》，（北京：中華書局，二〇〇〇年九月），頁二三三。
四　周德清：《中原音韻》，（臺北：學海出版社，民國八十五年三月），頁二二一。

沙・秋思（二）〉[五]

西風塞上胡笳，月明馬上琵琶，那底昭君恨多。李陵台下，淡煙衰草黃沙。〈天淨沙・秋思（三）〉

鑑於周德清對秋思之祖的推崇，後代僅了解馬致遠第一首〈天淨沙・秋思〉，然瞿鈞以為：

世傳致遠天淨沙小令「枯藤老樹昏鴉」一首，寫景甚工，人多喜之。以元盛如梓《庶齋老學叢談》卷中所引考之，致遠此調實有三首。此處秋思（二）與下一首秋思（三）即是，題目為編者所加。孫楷第《元曲家考略》又云：「致遠天淨沙三首，乃上都紀行詞也。」據上，「秋思（二）、秋思（三）」應為馬致遠所作，故特別將它們編

五 按：〈天淨沙・秋思（二）〉標題乃參照瞿鈞《東籬樂府全集》，以下〈天淨沙・秋思（三）〉同。見瞿鈞：《東籬樂府全集》，（天津：天津古籍出版社，一九九〇年三月），頁九七。

入本集。[六]

比較三首〈天淨沙・秋思〉，內容意境極佳，〈天淨沙・秋思（二）〉「黃雲紅葉青山」一句與馬致遠慣用重彩對比色的風格相同，看來為馬氏作品無誤。〈天淨沙・秋思（三）〉描寫王昭君，與馬致遠雜劇〈破幽夢孤雁漢宮秋〉記昭君和番事相仿，此外馬致遠尚有小令〈四塊玉・紫芝路〉寫昭君思念故鄉的情景，因此〈天淨沙・秋思（三）〉當為馬致遠所作。故〈天淨沙・秋思〉不限於枯藤老樹昏鴉一首，應為三首。

關於三版本小令差別：任本較瞿本減少〈青哥兒〉十一首與〈秋思〉二首，故任本較瞿本所錄少十三首，計一〇四首。而隋本與瞿本所輯之別在〈秋思〉（二）、（三）二首，計一一五首，瞿本收錄最為完全共一一七首。

二、散套

三版本對於馬氏散套數量，所記皆不同。任本因較早出版，在散套收錄方面，與隋本、

六　同註五，頁九七。

瞿本差異甚多。若拿一九六四年出版的隋樹森《全元散曲》與瞿鈞《東籬樂府全集》相較，散套部分有六首隋本未收，而殘套部分隋本較瞿本多四首。兩者差異在於瞿本係參考一九八〇年，遼寧省圖書館發現羅振玉舊藏元楊朝英《陽春白雪》明鈔本（以下簡稱羅本），補齊他本未收部分。一九六四年《全元散曲》第一版問世，時間早於羅本，因此隋樹森當時可見全部作品，自然與瞿鈞有異。筆者所購二〇〇〇年九月出版之《全元散曲》，文後即附《續補遺》詳列馬致遠散套六首。新資料的發現，改變原作品數量統計，原《全元散曲》（以下簡稱隋本）列為殘套之【雙調】失牌名，共有二首，依羅本補齊為〈夜行船——天地之間〉與〈夜行船——簾外西風〉。參照《續補遺》，隋本與瞿本散套均為二十二首，殘套部分則為四首，兩者數量完全相同。

任本未收之作及認為殘套的作品，參照羅本、《全元散曲》與《東籬樂府全集》即可補齊。唯該版本【雙調】〈錦上花〉一首，隋本與瞿本均未收錄，是否為馬致遠作品，值得探討。最初個人認為可能是〈錦上花〉作品曲牌或題名誤植所致，內容應為馬氏之作，故若找到《全元散曲》與《東籬樂府全集》類似作品則筆者之推論可以成立。然查閱兩版本並無類似作品，而關漢卿散套〈喬牌兒〉〔錦上花〕內容卻與本首散套相同，隋樹森亦歸此作於關漢卿〈喬牌兒〉。隋氏歸類散曲向來著重考據，以版本能見作者為重要條件，但是元曲輯佚一直到元末才受人重視，一些書目甚至於明、清時期產生，距馬致遠時代亦遠[七]，其上所載雖具參考價值，但是否全部可信？若由相關作品分析作者寫作風格與內容，再進行作者歸類，相信更具科學性。筆者欲以作品內容分析作者與作品間的關係，以下採小令〈野興〉末句格式、《東籬樂府》慣用字、套數曲調排列次序三點分析。

【雙調】〈錦上花〉《散曲叢刊》收錄全文如下：

〔錦上花〕展放愁眉，休爭閒氣。今日容顏，老如昨日。古往今來，你盡知，賢的愚的貧的富的，到頭這一身，難逃那一日。受用了一日是便宜。人活到百歲七十稀。急急光陰淘淘如逝水。

〔清江引〕落花滿園春又歸，晚景成何濟。馬足車塵間。蟻陣蜂衙裏。尋取箇穩便處閒坐地。

七　按：元楊朝英所編《陽春白雪》與《太平樂府》為元代散曲集刊印最早的總集，《太平樂府》有鄧子晉書，提為至正辛丑即元順帝至正十一年（一三五一年），距馬致遠卒年約二十七年。見楊朝英等編：《歷代散曲彙纂》，（杭州：浙江古籍出版社，一九九八年七月），頁二十九。

〔碧玉簫〕昏晚相催，日月走東西。最苦別離，白髮故人稀。歲月催光陰如過隙。君且莫催，休爭閒氣。只不如花前醉。〈錦上花〉

隋樹森以為這首作品為關漢卿所作：「梨園樂府，馬致遠〈行香子——無也閒愁〉套數之後尚有〈錦上花〉、〈清江引〉、〈碧玉簫〉三支，案此三支原為關漢卿〈喬牌兒——世情推物理〉套數中之曲，見鈔本陽春白雪，茲輯入關氏曲中。」[八]以下筆者引錄關漢卿此首作品：

〔喬牌兒〕世情推物理，人生貴適意。相人間造物搬興廢，吉藏凶，凶暗吉。

〔夜行船〕富貴那能長富貴，日盈昃月滿虧蝕。地下東南，天高西北，天地尚無完體。

〔慶宣和〕算到天明走到黑，赤緊的是衣食。鳧短鶴長不能齊，且休題，誰是非。

[八] 同註三，頁二七七。

〔錦上花〕展放愁眉，休爭閒氣。今日容顏，老如昨日。古往今來，恁須盡知，賢的愚的。貧的和富的。

〔么〕到頭這一身，難逃那一日。受用了一朝，一朝便宜。百歲光陰，七十者稀。急急流年，滔滔逝水。

〔清江引〕落花滿院春又歸，晚景成何濟？車塵馬足中，蟻穴蜂衙內，尋取個穩便處閒坐地。

〔碧玉簫〕烏兔相催，日月走東西。人生別離。白髮故人稀。不停閒歲月疾，光陰似駒過隙。君莫癡，休爭名利。幸有幾杯，且不如花前醉。

〔歇拍煞〕恁則待閒熬煎、閒煩惱、閒縈繫。閒追歡、閒落魄、閒遊戲。金雞觸禍機，得時間早棄迷途。繁華重念簫韶歇，急流勇退尋歸計。采蕨薇洗是非，夷齊等巢由輩，這兩箇誰人似得：松菊晉陶潛，江湖越范蠡。（關漢卿〈喬牌兒〉）

依隋樹森記載，筆者參照《梨園按試樂府新聲》（隋樹森簡稱為《梨園樂府》）[九]上卷第一首，即載此曲為馬致遠作品，全文為：

〔行香子〕無也閒愁，有也閒愁，有無間愁得白頭。花能助喜，酒解忘憂。對東籬，思北海，憶南樓。

〔慶宣和〕過了重陽九月九，葉落歸秋。殘菊蝴蝶強風流，勸酒勸酒。

〔錦上花〕莫莫休休，浮生參透。能得朱顏，幾回白晝。野鶴孤雲，倒大自由。去雁來鴻，催人皓首，位至八府中，誰說百年後。則落得莊周，嘆打骷髏。愛煞當年，魯連乘舟。那個如今，陶潛種柳。

九　按：隋樹森編《全元散曲》引用書目中提及《梨園按試樂府新聲》三卷簡稱梨園樂府或梨園，此應為隋樹森個人之定義。在《曲學大辭典》中以《梨園樂府》查閱為鄭光祖作品，故本文附上全名，以利查考。見同註三，頁十五及齊森華、陳多、葉長海主編：《中國曲學大辭典》，（杭州：浙江教育出版社，一九九七年十二月），頁二六一。

〔清江引〕青雲與盡王子猷，半路里乾生受。馬踏街頭月，耳聽宮前漏，知它恁羨什麼關內侯。

〔碧玉簫〕鶯也似歌喉，佳節若為酬，傀儡棚頭，題什麼抱官囚。自也羞，則不如一筆勾。錦瑟左右，紅妝前後。朦朧醉眸，覷只頭黃花瘦。

〔歇指煞〕花開但願人長久，人間難得花依舊，夕陽暫留。酒中仙，塵外客，林間友。黃橙帶露時，紫蟹迎霜候，香醪羨蒭，酒和花，人共我，無何有。細杖藜，寬袍袖。斷送了西風罷手，常待做快活頭，永休開是非口。

〔錦上花〕展放愁眉，休爭閒氣。今日容顏，老如昨日。古往今來，你盡知。賢的愚的貧的富的，到頭這一身，難逃那一日。受用了一日是便宜。人活百歲七十稀。急急光陰淘淘如逝水。

〔清江引〕落花滿園春又歸，晚景成何濟。馬足車塵間。蟻陣蜂衙裏。尋取箇穩便處閒坐地。

〔碧玉簫〕昏晚相催，日月走東西，最苦別離。白髮故人稀。歲月催光陰如過隙。君且莫催。休爭閒氣。則不如花前醉。（馬致遠〈行香子〉）

雖然隋樹森認為【雙調】〈錦上花〉為關漢卿作品，但他亦指出清人李調元《雨村曲話》以為〈錦上花〉造語意境之妙，應為馬致遠所做+，李調元與隋樹森兩人論點，各有道理，難分軒輊，筆者則以為作品中〔清江引〕一段，應為馬致遠所寫，試論證如下：

（一）小令〈野興〉末句格式

將此殘套〔清江引〕一段與馬致遠小令〈野興〉比較，可知兩者尾句同質性高，均以尋取個穩便處閒坐地或類似結尾作結：

樵夫覺來山月低，釣叟來尋覓。你把柴斧拋，我把魚船棄，尋取個穩便處閒坐地。

〈清江引・野興一〉

+ 同註三，頁二七七。

綠蓑衣紫羅袍誰是主，兩件兒都無濟。便作釣魚人，也在風波裏，則不如尋個穩便處閒坐地。〈清江引・野興二〉

山禽曉來窗外啼，喚起山翁睡。恰道不如歸，又叫行不得，則不如尋個穩便處閒坐地。〈清江引・野興三〉

天之美祿誰不喜，偏則說劉伶醉。畢卓縛甕邊，李白沉江底，則不如尋個穩便處閒坐地。〈清江引・野興四〉

楚霸王火燒了秦宮室，蓋世英雄氣。陰陵迷路時，船渡烏江際，則不如尋個穩便處閒坐地。〈清江引・野興五〉

而【雙調】〈錦上花〉〔清江引〕一段，亦以「尋取箇穩便處閒坐地」為結尾。由此，這首〔清江引〕為馬致遠所作的可能性相當高。

（二）《東籬樂府》慣用字

馬致遠習慣於作品以昆蟲代表世間的紛擾與雜亂，其中又以「蜂」、「蟻」兩字所用為多。試將其作品有關「蜂」、「蟻」兩字之文句列述於下：又早蜂兒鬧〈清江引・野興七〉、蜂衙蟻陣黃粱覺，〈喬牌兒——世途人易老〉、看密匝匝蟻排兵，亂紛紛蜂釀蜜〈夜行船・秋思〉，闞漢卿小令或散套，去除〈喬牌兒〉〔清江引〕部分，其餘作品則完全未提及「蜂」、「蟻」兩字。〈錦上花〉〔清江引〕「蟻陣蜂衙裏」，亦用「蜂」、「蟻」來形容人類爭名奪利之狀，與馬致遠慣用寫作手法，一致性較高，故筆者以為此段當為馬致遠所做。

（三）套數曲調排列次序

元燕南芝庵《唱論》有云：「成文章曰樂府；有尾聲名套數。」[十二]可知散套於每套末

十二 轉引自同註二，第四冊，頁十三。

應有尾聲。不過元曲散套已多無尾聲，在某些情況下，尾聲也可以不用[十二]。《北詞廣正譜》有載【雙調】套數分題，其中與錦上花有關之套數有二，第一種採〈喬牌兒〉、〈夜行船〉、〈慶宣和〉、〈錦上花〉、〈清江引〉、〈碧玉簫〉、〈歇拍煞〉連成一套曲，該書並舉關漢卿〈喬牌兒〉為套，但僅有曲牌名，未附套數內容。另一則為〈錦上花〉、〈清江引〉、〈碧玉簫〉、〈鴛鴦帶離亭宴煞〉成一散套，並舉王元鼎燕語鶯啼為代表[十三]。就上項資料筆者以為【雙調】〈錦上花〉不一定為關漢卿所作，因〈錦上花〉、〈清江引〉、〈碧玉簫〉亦有與他曲另成散套的情形，且《北詞廣正譜》並未附該套內容，不能論證【雙調】〈錦上花〉就一定出於關漢卿〈喬牌兒——世情推物理〉。

而若以套數於每套末應有尾聲的原則加以檢視，《梨園按試樂府新聲》將【雙調】〈錦上花〉歸於馬致遠〈行香子〉作品，所採用套數曲牌依序為〈行香子〉、〈慶宣和〉、〈錦上

十二　按：可參考《元曲研究》（乙編）體段部分：「『有尾聲名套數』，乃通常情形也。元曲散套，已多無尾聲者。」見任訥等主編：《元曲研究》（乙編），（臺北：里仁書局，未註出版年月），頁十五。

十三　王秋桂主編：《善本戲曲叢刊北詞廣正譜》，（臺北：學生書局，民國七十六年十一月），第二冊，頁五八三。

花〉、〈清江引〉、〈碧玉簫〉、〈離亭宴帶歇指煞〉、〈錦上花〉、〈清江引〉、〈碧玉簫〉。以此觀之，本首套數並無尾聲，但既有〈離亭宴帶歇指煞〉夾敘其間，可為尾聲，又何必再多加後面三曲牌？因此筆者以為【雙調】〈錦上花〉，獨立於馬致遠〈行香子〉作品外，應為馬致遠作品殘套。至於其他部分，因相關資料欠缺，則持保留觀點。故《東籬樂府》數量應再多加一殘套，截至目前所見資料而論，計小令一一七首，散套二十二首，殘套五首（包含所推論之【雙調】〈錦上花〉〔清江引〕一段）。

三、與關漢卿、白樸、鄭光祖作品數量之比較

研討作品數量，若僅限研究作者本身，則此數量統計，缺乏比較性，不能有客觀的分析。若與他家作品相較，反可宏觀展現作品數量研究之完整。馬致遠與關漢卿、白樸與鄭光祖並稱「元曲四大家」[十四]，既得此名號，可見四家散曲，互有可取之處，筆者欲探討

十四 按：周德清《中原音韻》序中已有關、鄭、馬、白的說法，明何良俊《四友齋叢說》則最早以四大家相稱：「元人樂府，稱馬東籬、鄭德輝、關漢卿、白仁甫為四大家。」見何良俊：《四友齋叢說》，（北京：中華書局，一九九七年十一月），卷三十七，頁三三七。

四人散曲在數量創作上的關連。故將關漢卿、白樸與鄭光祖作品分小令、散套與殘套三部分統計，作者以作品數量較多者列前，統計版本則以《全元散曲》所輯數量為準。因馬致遠作品詳目已於前表列說明，不贅述。試見關漢卿、白樸、鄭光祖作品統計詳表與元曲四大家作品總數比較表，可對關漢卿、白樸與鄭光祖散曲篇目與數量比重有初步認知。

關漢卿、白樸、鄭光祖作品統計詳表

關漢卿	數量	白樸	數量	鄭光祖	數量
【正宮】〈白鶴子〉	四首	【小呂】〈寄生草・飲〉	一首	【正宮】〈塞鴻秋〉	三首
【仙呂】〈醉扶歸・禿指甲〉	一首	【仙呂】〈醉中天・佳人臉上黑痣〉	一首	【雙調】〈蟾宮曲・夢中作〉	三首
【仙呂】〈一半兒・題情〉	四首	【中呂】〈陽春曲・知幾〉	四首		
【南呂】〈四塊玉・別情〉	一首	【中呂】〈陽春曲・題情〉	六首		
【南呂】〈四塊玉・閒適〉	四首	【越調】〈小桃紅〉	一首		
【中呂】〈朝天子・從嫁媵婢〉	一首	【越調】〈天淨沙〉	八首		

關漢卿	數量	白樸	數量	鄭光祖	數量
【中呂】〈普天樂・崔張十六事〉	十六首	【雙調】〈駐馬聽・吹〉	四首		
【商調】〈梧葉兒・別情〉	一首	【雙調】〈沉醉東風漁夫〉	一首		
【雙調】〈沉醉東風〉	五首	【雙調】〈慶東原〉	三首		
【雙調】〈碧玉簫〉	十首	【雙調】〈得勝樂〉	八首		
【雙調】〈大德歌〉	十首				
小令合計	五十七首		三十七首		六首
【黃鍾】〈侍香金童〉	一首	【仙呂】〈點絳唇〉	一首	【南呂】〈梧桐樹・題情〉	一首
【仙呂】〈翠裙腰・閨怨〉	一首	【大石調】〈青杏子〉	一首	【雙調】〈駐馬聽近・秋閨〉	一首
【南呂】〈一枝花〉	三首	【小石調】〈惱煞人〉	一首		
【中呂】〈古調石榴花・怨別〉	一首	【雙調】〈喬木查〉	一首		
【大石調】〈青杏子・離情〉	一首				

關漢卿	數量	白樸	數量	鄭光祖	數量
【越調】〈鬬鵪鶉〉	二首				
【雙調】〈新水令〉	一首				
【二十換頭】【雙調】〈新水令〉	一首				
【雙調】〈喬牌兒〉	一首				
【仙呂】〈桂枝香〉	一首				
散套合計	十三首		四首		二首
【大石調】〈失牌名〉	一首				
【般涉調】〈哨遍〉	一首				
殘套合計	二首		無		無

元曲四大家作品總數比較表

曲家	統計項目	小令	散套	殘套
馬致遠	數量	一一七首	二十二首	五首
	百分比	五三點九一	五三點六六	七一點四三
關漢卿	數量	五十七首	十三首	二首
	百分比	二六點二七	三一點七一	二八點五七
白樸	數量	三十七首	四首	無
	百分比	十七點零六	九點七六	零
鄭光祖	數量	六首	二首	無
	百分比	二點七六	四點八七	零
合計		二一七	四十一	七

為求精確，筆者分別統計四家小令、散套與殘套數量，以四家各類作品和為分母，曲家作品為分子，分別計算各家小令、散套與殘套數量百分比，以方便比較彼此關連。由作

品總數比較表可知，馬致遠無論在小令、散套以及殘套三方面，創作都居元曲四大家之冠，將關漢卿、白樸與鄭光祖小令與散套相加，小令共一百首，散套計十九首，均仍低於馬致遠一人之作。馬致遠小令比率，占四人作品合計比率百分之五三點九一，散套則占五三點六六，作品數量超越其他曲家甚多，是創作型作家。緊接在後的關漢卿，作品數量比率：小令百分之二六點二七，散套三一點七一，馬致遠與關漢卿合計創作比率，約占四大家作品合計數百分之八十以上，分析作品數量，可知馬致遠作品的重要性。

第二節　宮調使用

元曲可從文學與音樂兩方面探索其藝術規律與創作方法，然而後世對於音樂性的部分著墨較少，研究也略有欠缺。筆者於本節欲探討宮調，擬以《東籬樂府》宮調使用與其他三家對宮調的採用相互比較，以明馬致遠作品中音樂與文學之關係。

一、宮調概述

宮調為樂曲音調統稱。古時構成音樂的五個基本音分別為宮、商、角、徵、羽[十五]，以宮音為主要調式者稱宮調式，簡稱「宮」。以商、角、徵、羽等其他各聲為主的調式稱為「調」，如：商調、角調、徵調、羽調等。「宮」和「調」自宋以來已不太區別，所以統稱「宮調」[十六]。

古代樂律有十二律呂制，律呂為用管製成校正樂律的器具，共有十二根管，長短不一。「律」為一種標準音高，《國語・周語》記載伶州鳩[十七]論律曰：「律，所以立均出度也。」其中「立均」代表音高，用以確立音階中各音的位置，「出度」則為律管的長度標準，足

十五 按：宮相當於今首調唱名中的DO、商相當於RE、角相當於MI、徵相當於SOL、羽相當LA。見吳釗、劉東升：《中國音樂史略》，（北京：人民音樂出版社，一九八三年三月），頁十一。

十六 劉致中：《讀曲常識》，（臺北：萬卷樓圖書公司發行，民國七十九年六月），頁一〇一。

十七 按：伶州鳩為周景王時期的樂官，景王曾問其有關十二律和七聲音階的問題，見《國語・周語》。轉引自楊蔭瀏：《中國古代音樂史稿》，（臺北：大鴻出版社，民國八十六年七月），頁一之三九。

以影響音調變化，從低音算起，奇數管為律，偶數管為呂，十二根管又稱為十二律呂，各律名的音高相於當西樂十二大調[十八]，一個律為一個半音，十二律即有十二個半音。在絕對音高的部分，因歷代黃鍾律音高標準之不同而有差別。將五音宮、商、角、徵、羽配合十二律，相乘可得出六十宮調，若採七聲音階宮、商、角、徵、羽、變宮、變徵，以七音乘十二律，可得八十四宮調[十九]。然八十四宮調僅是一種理論上的推算，真正演奏時，多數宮調使用不到，故唐代燕樂以宮、商、角、羽四聲分為七調，即所謂唐燕樂二十八調[二十]。南宋時代一般只用七宮十二調，七宮為黃鍾、仙呂、正宮、高宮、南呂、中呂、道宮；十二調為大石、小石、般涉、歇指、越調、仙呂、中呂、正平、高平、雙調、黃鍾羽、商調[二十一]，共計十九宮調。隨時代演進，宮、商、羽各調繼續延用，但角七調已不使用。宮調

十八　按：筆者參見陳萬鼐《中國古代音樂研究》之「中國古樂曲宮調相關音樂問題一覽表」歸納。見陳萬鼐：《中國古代音樂研究》，（臺北：文史哲出版社，民國八十九年二月），頁二五三、二五四。

十九　按：八十四調最早由隋初萬寶常所提。見同註十七，頁二之七六。

二十　同註十七，頁二之七四。

二十一　華連圃：《戲曲叢譚》，（臺北：臺灣商務印書圖書公司，民國六十七年十二月），頁五十九。

發展到元代僅剩十七宮調，雖然十七調各有其音域特色，但就北曲而言，寫曲時真正會用到的只有十二個[二十二]，周德清《中原音韻》於樂府共三百三十五章標目下，指出：「自軒轅制律一十七宮調，今之所傳者一十有二」[二十三]，此十二宮調為代表五宮的黃鍾、正宮、仙呂、南呂、中呂，與七調的大石、小石、般涉、商角、商調、越調及雙調[二十四]。

二、馬致遠宮調使用分析

筆者統計《東籬樂府》宮調，除〈錦上花〉一曲外，據瞿鈞《東籬樂府全集》，計算各宮調數量，表列於後：

[二十二] 按：但也有九宮一說，即元代劇曲所用的宮調實際只有九種，即黃鍾、正宮、仙呂、南呂、中呂，大石、雙調、商調、越調。見李新魁：《實用詩詞曲格律詞典》，（廣州：花城出版社，一九九九年十一月），頁十三。

[二十三] 同註四，頁一七五。

[二十四] 呂正惠：《詩詞曲格律淺說》，（臺北：大安出版社，民國八十七年十一月），頁一四一。

《東籬樂府》宮調使用統計表

宮調名	小令	散套	殘套	統計結果	比率統計（%）
【仙呂】	十二首	四首		十六首	十一點一
【中呂】	六首	一首	一首	八首	五點六
【南呂】	二十六首	二首		二十八首	十九點四
【雙調】	六十六首	九首	一首	七十六首	五二點七
【越調】	七首			七首	四點九
【大石調】		二首		二首	一點四
【般涉調】		三首		三首	二點一
【商調】		一首	二首	三首	二點一
【黃鍾】			一首	一首	零點七
合計	一一七首	二十二首	五首	一四四首	一百

由上表可知，馬致遠使用十七宮調中的九宮，尚有八種宮調並未使用，但若就北曲寫曲所用十二宮調視之，僅正宮、小石調與商角調馬氏並未使用。十二個宮調，馬致遠即採用九個，不同宮調有不同的聽覺效果，可見馬致遠作品音樂的多樣性。歸納上表馬氏使用宮調特色如下：

（一）宮調採用不均

馬致遠對雙調使用有偏好，小令、散套與殘套作品，有七十六首採用雙調，比率高達百分之五二點七。小令使用雙調的情況更普遍，有六十六首之多，占其全數小令比率的百分之五六點四一。但馬氏僅有一首殘套採用黃鐘，大石調、般涉調與商調使用率也偏低，分別為二首以及三首。可見馬致遠宮調使用不均。

宮調採用不均應與曲牌有關，《中原音韻》在樂府共三百三十五章標目下，列出當時宮調可相配的曲牌[二十五]，依數量多寡排列於後：雙調一百章、仙呂四十二、中呂三十二、

[二十五] 同註四，頁一五六——一七四。

越調二十五、正宮二十五、黃鍾二十四、南呂二十一、大石調二十一、商調十六、般涉調八、商角調六、小石調五。雙調可配合的曲牌數最多，為其他宮調所不能及，故馬致遠以雙調使用為第一位。因每一宮調所能配合的曲牌數不同，所以作者採用宮調也會有不平均的情形，作家在展現作品文學性的同時，也必須考量樂律的客觀條件。

（二）小令與散套宮調使用具有差異

馬致遠散曲所採九個宮調，某些只限小令使用，如越調；而大石、般涉、商調、黃鍾等調只見於馬致遠散套及殘套作品，故馬氏小令與散套宮調使用具有差異。《北詞廣正譜》有載各宮調套數分題，筆者以為此當為小令與散套使用差異的原因。據《北詞廣正譜》套數分題統計，雙調計三十一，仙呂十七、中呂十二，越調十，正宮十四，黃鍾十四，南呂十二，大石調十一，商調十三，般涉調三，商角調二，小石調一[二十六]。套數分題乃套數可配曲牌的列舉，以商角調為例，套數分題為二，分別為〈黃鶯兒〉、〈踏莎行〉、〈蓋天旗〉、

[二十六] 同註十三，頁一四四—五八四。

〈應天長〉、〈尾聲〉以及〈黃鶯兒〉、〈么〉、〈垂絲釣天長〉、〈尾聲〉[二十七]。因此，作者運用商角調來創作散套時，會選擇上述二項的其中一種曲牌組合進行創作，受到商角調套數分題數量不多的影響，元曲四大家全無商角調之作。故散套宮調的採用，與其套數分題數量有關，此點與《中原音韻》所列，各宮調可相配的曲牌意義相同。試將上述內容表列統計於後：

《中原音韻》各宮調可相配的曲牌數量與《北詞廣正譜》各宮調套數分題比較表

名稱	《中原音韻》各宮調可相配的曲牌		《北詞廣正譜》各宮調套題數分題	
宮調	數量	百分比	數量	百分比
【雙調】	一百	三十點八	三十一	二十二點一
【仙呂】	四十二	十二點九	十七	十二點一
【中呂】	三十二	九點八	十二	八點六

二十七 同前註，頁四三三。

名稱	《中原音韻》各宮調可相配的曲牌		《北詞廣正譜》各宮調套題數分題	
【越調】	二十五	七點七	十	七點一
【正宮】	二十五	七點七	十四	十
【黃鐘】	二十四	七點五	十四	十
【南呂】	二十一	六點四	十二	八點六
【大石調】	二十一	六點四	十一	七點九
【商調】	十六	四點九	十三	九點三
【般涉調】	八	二點五	三	二點二
【商角調】	六	一點九	二	一點四
【小石調】	五	一點五	一	零點七
合計	三二五	百分之百	一四〇	百分之百

從統計表分析可知，雙調不管在《中原音韻》各宮調可配合的曲牌以及《北詞廣正譜》各宮調套數分題，均列第一。此應馬致遠小令和散套在雙調使用比率上偏高的原因，商角調與小石調《中原音韻》各宮調可相配的曲牌數偏低，而《北詞廣正譜》套數分題的數量

也不多，因此馬致遠沒有商角調與小石調的作品。另一方面，《北詞廣正譜》各宮調套數分題與《中原音韻》各宮調可相配曲牌數比較結果，亦得出各宮調在小令與散套宮調之採用有差異，如正宮、黃鐘、南呂、大石調、商調的套數分題數量統計比率均高於《中原音韻》各宮調可相配的曲牌數，即正宮、黃鐘、南呂、大石調、商調等宮調用於散套的可能性較高，因此馬致遠散套作品採用大石調、商調、黃鐘等宮調，但小令則沒有使用。至於般涉調《北詞廣正譜》套數分題統計比率只有二點二，馬致遠該調創作即有三首，占其全部散套比率百分之十三點六，但馬氏小令未使用該調，可見馬氏散套對般涉調採用具偏好。

三、與關漢卿、白樸、鄭光祖宮調使用之比較

關漢卿、白樸、鄭光祖宮調使用，經筆者參照隋樹森《全元散曲》，分別歸納於以下三表：

關漢卿散曲宮調使用統計表

宮調名	小令	散套	殘套	統計結果	比率統計（%）
【仙呂】	五首	二首		七首	九點七二
【中呂】	十七首	一首		十八首	二十五
【正宮】	四首			四首	五點五六
【南呂】	五首	三首		八首	十一點一
【雙調】	二十五首	三首		二十八首	三八點八九
【越調】		二首		二首	二點七八
【大石調】		一首		一首	一點三九
【般涉調】			一首	一首	一點三九
【商調】	一首		一首	二首	二點七八
【黃鍾】		一首		一首	一點三九
合計	五十七首	十三首	二首	七十二首	一百

白樸散曲宮調使用統計表

宮調名	小令	散套	殘套	統計結果	比率統計（%）
【仙呂】	二首	一首		三首	七點三二
【中呂】	十首			十首	二十四點四
【雙調】	十六首	一首		十七首	四十一點四五
【越調】	九首			九首	二十一點九五
【大石調】		一首		一首	二點四四
【小石調】		一首		一首	二點四四
合計	三十七首	四首	無	四十一首	一百

鄭光祖散曲宮調使用統計表

宮調名	小令	散套	殘套	統計結果	比率統計（%）
【正宮】	三首			三首	三十七點五
【南呂】		一首		一首	十二點五
【雙調】	三首	一首		四首	五十
合計	六首	二首	無	八首	一百

關漢卿小令採仙呂、中呂、正宮、南呂、雙調、商調等六個宮調，散套使用仙呂、中呂、南呂、雙調、越調、大石調、黃鍾等七個宮調，白樸小令採用仙呂、中呂、雙調、越調四個宮調，散套則採仙呂、雙調、大石、小石四宮，而鄭光祖小令採用正宮與雙調，散套則使用南呂、雙調兩種。比較元曲四大家宮調使用特點可知：

（一）雙調使用率最高

不僅馬致遠創作偏用雙調，關漢卿、白樸、鄭光祖小令與散套亦採用大量的雙調。在小令方面：關、白、鄭三人採用雙調比率，分別為百分之四三點八六、百分之四三點二四、百分之五十，散套部分為百分之二十三點零八、百分之二十五、百分之五十。筆者以為馬致遠作品多採雙調的原因，與宮調可搭配的曲牌有關，關漢卿、白樸、鄭光祖散曲也反應出這樣的訊息。

（二）商角調未被使用

北曲十二宮調馬致遠、關漢卿、白樸、鄭光祖四人合計使用十一宮調，僅商角調無人使用。商角據《中原音韻》可用曲牌記載僅有六章，分別為：〈黃鶯兒〉、〈踏莎行〉、〈蓋天旗〉、〈垂絲釣〉、〈應天長〉、〈尾聲〉，故能配合的曲牌並不多，據華連圃歸類，商角調屬於十二律的夷則與四聲中的角，相合的角聲七調，與仙呂、商調同屬於夷則律[二十八]，十二律呂中同一律的音高相同，而同一律呂又可配合五音形成調式，張炎《詞源》曰：「十

[二十八] 同註二十一，頁五八。

二律呂各有五音，演而為宮為調。」[二十九]因此仙呂、商調與商角調的關係，以今日西樂理論視之同屬F或升A大調，即相當於SOL與LA之間的音調[三十]。筆者以為商角調未被使用，應與音調相近，而改用音域相若的仙呂與商調有關。莊永平對樂調減少提出以下論點：

樂調的減少一方面和音樂的流變及某些樂器被重用有關，例如某些調式的特徵不明顯，雷同；重用管樂器翻調演奏，等等。但在另一方面，從宮調上說，人們追求調式的變化發展到進一步追求調性的、更強烈的宮調對比，這是很自然的。這樣，有些調式的對比被調性對比所沖淡，因而較少運用或只是認為是一種結音變化而已。[三十一]

莊氏之語為元曲四大家均未使用商角調的最好說明。

[二十九] 張炎：《詞源》，（香港：龍門書店，一九六八年九月），頁五。

[三十] 按：筆者依楊蔭瀏：《中國古代音樂史稿》所述，仙呂宮為F調的FA調式，商調為F調的SOL調式，商角調為升A調，見同註十七，上、下冊，頁三之一二二與二之二四五。

[三十一] 莊永平：《戲曲音樂史概述》，（上海：上海音樂出版社，一九九〇年七月），頁八十一。

（三）宮調使用各有所好

馬致遠作品並未採用正宮、小石調與商角調，但是關漢卿有四首小令採用正宮，鄭光祖留存六首小令即有三首採正宮，以比率視之，正宮使用占鄭光祖作品的百分之五十，且正宮可配合的曲牌有二十五章，占全部宮調第四位，馬致遠沒有使用正宮，並不代表其為冷僻的宮調，正可歸納出作者本身宮調使用的偏好。而四大家僅白樸散套〈惱煞人〉一首使用小石調，此與小石調僅可配〈青杏兒〉、〈天上謠〉、〈惱殺人〉、〈伊州遍〉、〈尾聲〉等五個曲牌有關[三十二]。

以上探討元曲四大家對宮調的使用，有共同性，如：雙調使用分居個別作家比率第一位、商角調四人全未使用；亦有異質性，如：正宮馬致遠並未採用，而關漢卿、鄭光祖均有使用正宮創作。因此在宮調使用方面，元曲四大家具有共同性，但卻也保留自己獨特的風格。宮調使用多寡與其可配曲牌數有關，由此又見音律對於文學有創造與限制兩種「相背」的效果。

[三十二] 按：《中原音韻》周德清於青杏兒曲牌下註明：即青杏子亦入大石調。見同註四，頁一六〇。

第四章　內容與風格

作品受作者生活體驗與外界情境所影響，因此欲研究文學作品，必須致力作品內容與作家風格研析，才能對作品有更深之領悟，對作者有更多的了解。以下將探討《東籬樂府》內容與風格，並納入相關曲家之分析，以明《東籬樂府》文學價值。

第一節　內容

羅錦堂《中國散曲史》以為散曲具有五項特質：「造句的新奇、聲韻的自然、文字的通俗、描寫的逼真、取材的豐富。」[一]「上項特點影響作者生活層面上的主觀體悟，反應元代散曲內容取材廣泛，作家有較多的揮灑空間。不過內容題材多樣，固然可喜，但每項題材是否平均寫作，亦值得探

[一] 按：五項特質節錄羅錦堂《中國散曲史》見羅錦堂：《中國散曲史》，（臺北：中國文化大學出版部，民國七十二年八月），頁三十三—四十二。

索，王忠林以為：

元代散曲內容的取材雖然非常廣泛，但是並不是每類被取用的題材都很平均的寫作，有些題材寫作的並不很多，而另有些題材則寫作的特別多。我們加以分析，發現那些為大多數曲家所喜愛的題材，同曲家們的思想、生活以及所處的環境有密切的關係。隱逸思想可說是元代散曲家所共同具有的，而像退隱、田園漁樵、描寫景物、個人感懷和嘲諷世俗等幾類題材，是和隱逸思想有直接關係的；另外像閨情、男女風情、描寫人物等幾類題材，是和隱逸思想有間接關係的。[二]

由此可見，即使元散曲內容題材多樣，但因當時隱逸意識普遍深入人心，散曲內容與隱逸有直接和間接上不可分割的關係，作者創作也受此意識影響。不過這樣「一綱多本」的創作型態，使元曲家不但可把握中心思想，又能在其他內容的兼顧上有所開展。

本節將研究馬致遠散曲內容，除了處理馬致遠作品分類問題外，並統計其他三家散曲內容，最後比較四家散曲，以明馬氏散曲內容特色。

[二] 王忠林：《元代散曲論叢》，（臺北：文津出版社，民國八十六年一月），頁一二、一三。

一、馬致遠散曲內容

馬致遠散曲筆者據瞿鈞《東籬樂府全集》，依數量多寡分為描寫景物、表白自我、描寫情愛、詠史感懷、歌詠故事、隱逸閒情、刻畫女子、飄泊感受、頌美皇朝、其他等十類作品，種類眾多。馬顯慈《關漢卿、白樸、馬致遠三家散曲之比較研究》曾提及馬致遠的內容最豐富[三]，試將十類作品例舉於下，並以統計數量多寡為序，分析說明：

（一）描寫景物

馬致遠散曲多用以描寫景物。王忠林《元曲六大家》[四]、馬顯慈《關漢卿、白樸、馬致遠三家

三 按：馬顯慈以數量統計方式研究三家散曲，開創研究新領域，然而作者於論文中提及：「為便於統計，將見於套數中的，一律以個別曲調獨立計算。」筆者以為即便散套由多個曲調組成，但一首散套仍有其中心思想及主題，不宜分開計算，因此筆者歸納馬致遠散曲內容，將一首散套視為單一曲調進行分析。見馬顯慈：《關漢卿、白樸、馬致遠三家散曲之比較研究》，（香港：新亞研究所文學組博士論文，一九九八年七月），頁七十三。

四 王忠林、應裕康：《元曲六大家》，（臺北：東大圖書公司，民國六十六年二月），頁一八七。

散曲之比較研究》均有論述[五]，筆者統計結果亦占其作品內容的第一位。馬氏對景色描寫用心，著名的〈瀟湘八景〉，形象生動，充滿詩情畫意，作者描繪景物，不僅有山水名勝，對於四季的描摹——〈四公子宅賦〉以及一年中各月景色的變化〈十二月〉亦有著墨，而其中〈和盧疏齋西湖〉描寫西湖四時景色，融西湖與西子於一體，創作手法高妙。馬氏景中寓情之作，寄託寓意更為深遠，試將描寫景物二分為描繪景色與景中寓情研討：

1. 描繪景色

〈瀟湘八景〉山市晴嵐、遠浦帆歸，堪為馬致遠描繪景色的代表作：

花村外。草店西，晚霞明雨收天霽。四圍山一竿殘照裏，錦屏風又添鋪翠。〈壽陽曲・瀟湘八景・山市晴嵐〉

夕陽下，酒旆閒，兩三航未曾著岸。落花水香茅舍晚，斷橋頭賣魚人散。〈壽陽曲・瀟湘八景・遠浦帆歸〉

五　同註三，頁五二。

〈山市晴嵐〉寫山村傍晚雨後天晴的景色，村莊在落日餘暉下，經過雨水洗禮，山色青翠欲滴，更加秀麗。〈遠浦帆歸〉則寫漁村夕照，馬致遠運用白描手法，以夕陽、酒旗、歸帆、落花、茅舍等景物，構成一幅美麗的景象，表現其寫景的清麗風格。

純粹寫景之作尚有〈十二月〉，茲以〈十二月〉中正月、二月作品為例：

春城春宵無價，照星橋火樹銀花，妙舞清歌最是他。翡翠坡前那人家，鰲山下。〈青哥兒・十二月・正月〉

前村梅花開盡，看東風桃李爭春，寶馬香車陌上塵。兩兩三三見遊人，清明近。〈青哥兒・十二月・二月〉

馬氏運用各月特色進行描繪，〈一月〉「照星橋火樹銀花」寫元宵燈燭通明的夜景；〈二月〉則以「前春梅花開盡」描寫大地回春，冬天已到盡頭。瞿鈞論此十二首小令：「儼然是十二幅各具特色的風俗畫。」六

六　瞿鈞：《東籬樂府全集》，（天津：天津古籍出版社，一九九〇年三月），頁三七。

2.景中寓情

文學創作為藝術手法之展現，含蓄的表達更是另一種美感，馬氏部分作品寄託深遠，如同黃永武所云：「許多詩是情感與時空景色交融不分的，詩人將時空景物作為發抒自己心中壘塊的機緣罷了，所以景中可以含情，情中可以寓景。」[七]〈恬退〉四首作品，可為代表：

綠鬢衰，朱顏改。羞把塵容畫麟臺，故園風景依然在。三頃田，五畝宅，歸去來。〈四塊玉・恬退一〉

綠水邊，青山側。二頃良田一區宅，閒身跳出紅塵外。紫蟹肥，黃菊開，歸去來。〈四塊玉・恬退二〉

翠竹邊，青松側。竹影松聲兩茅齋，太平幸得閒身在。三徑修，五柳栽，歸去來。〈四塊玉・恬退三〉

[七] 黃永武：《中國詩學・鑑賞篇》，（臺北：巨流圖書公司，民國八十八年九月），頁八六。

酒旋沽，魚新買。滿眼雲山畫圖開，清風明月還詩債。本是個懶散人，又無甚經濟才，歸去來。〈四塊玉・恬退四〉

四首小令，全以寫景開場，引人走入曲中有畫，畫中有曲的境界之餘，寫景轉為寓情，〈四塊玉・恬退〉全以「歸去來」三字結尾，其心意恐怕是寄託陶淵明〈歸去來辭〉中「眷然有歸歟之情」[八]。而〈四公子宅賦〉以春、夏、秋、冬為序，字面寫景，但春一首，隱含深刻的情感：

畫堂春暖綉帷重，寶篆香微動，此外虛名要何用。醉鄉中，東風喚醒梨花夢。主人愛客，尋常迎送，鸚鵡在金籠。〈小桃紅・四公子宅賦・春〉

本首小令以寫景出發，看似描寫士子生活閒適、無拘無束，但筆者以為句尾「鸚鵡在金籠」才是作者所要表達的重點。主人是好客之人，足見其經濟環境不匱乏，所以交際廣泛，多有尋常迎送之事，可是鸚鵡卻只能被眷養在黃金打造的籠子中，毫無自由，不能隨心所欲，正反襯作者身不由己的悲哀。此曲可見馬氏景中寓情手法不落痕跡，沁入讀者心肺。

八　逯欽立校注：《陶淵明集》，（香港：中華書局香港分局，一九八七年二月），頁一五九。

（二）表白自我

梁乙真《元明散曲小史》、王忠林《元曲六大家》都曾論述馬致遠有許多展現自我之作，筆者在第二章也提出「自我展現」為馬致遠人格思想的一部分。小令〈金字經〉，寫出作者懷才不遇的悲痛。〈四塊玉・嘆世〉也是表白自我的代表作，有深刻否定意識。〈清江引・野興〉則表現否定社會現實、淡泊功名以及追求山林景色。歷經宿命意識的歷練，馬致遠始嚮往自然，盼望自己成為山中相，不管人間事，〈蟾宮曲・嘆世一〉、散套〈哨遍——半世逢場作戲〉、〈行香子——無也閒愁〉以及〈喬牌兒——世途人易老〉可以尋訪，茲以〈蟾宮曲・嘆世一〉與〈哨遍——半世逢場作戲〉為例：

東籬半世蹉跎，竹裏遊亭，小宇婆娑。有個池塘，醒時漁笛，醉後漁歌。嚴子陵他應笑我，孟光臺我待學他。笑我如何，倒大江湖，也避風波。〈蟾宮曲・嘆世一〉

〔哨遍〕半世逢場作戲，險些兒誤了終焉計，白髮勸東籬，西村最好幽棲，老正宜。茅廬竹徑，藥井蔬畦，自減風雲氣；嚼蠟光陰無味，傍觀世態，靜掩柴扉；雖無諸葛臥龍岡，原有嚴陵釣魚磯。成趣南園，對榻青山，繞門綠水。

〔耍孩兒〕窮則窮落覺囫圇睡，消甚奴耕婢織。荷花二畝養魚池，百泉通一道清溪；安排老子留風月，準備閒人洗是非，樂亦在其中矣。僧來筍蕨，客至琴棋。

〔二〕青門幸有栽瓜地，誰羨封侯百里。桔槔一水韭苗肥，快活煞學圃樊遲。梨花樹底三杯酒，楊柳陰中一片席，倒大來無拘繫。先生家淡粥，措大家黃齏。

〔三〕有一片凍不死衣，有一口餓不死食。貧無煩惱知閒貴，譬如風浪乘舟去，爭似田園拂袖歸，本不愛爭名利。嫌貧污耳，與鳥忘機。

〔尾〕喜天陰喚錦鳩，愛花香哨畫眉；伴露荷中煙柳外風蒲內，綠頭鴨黃鶯兒啅七七。〈哨遍——半世逢場作戲〉

〈蟾宮曲・嘆世〉馬致遠感嘆自己前半生，為追逐功名而蹉跎，不如隱居江湖，可逃離俗世風波。而〈半世逢場作戲〉更可說是作者對〈蟾宮曲・嘆世〉的補充說明，馬氏以自敘手法，表白自身否定名利，並積極獻身自然：「青門幸有栽瓜地，誰羨封侯百里」寧可過著「有一片凍不死衣，有一口餓不死食」的日子，也要棄絕財富、名利，將其心志表露無遺。

（三）描寫情愛

古今中外的文學無不對愛情有一番歌詠，故元好問云：「問世間，情是何物，直教生死相許。」元曲因其體制以及所處時代，使得當代士子得以有機會與娼妓、歌女交流，這些言情之作中大部分刻畫文人與歌女間調情、相戀、相思、別離，作品真情流露：「這當然不是唐詩宋詞中蘊藉婉轉的低吟，不是大家閨秀含蓄羞澀的情愫，不是那種靜穆、雋永的美學形態。這是大膽伉爽直率的表白，是強烈刺激，直觀享受的審美追求。」[九]羅錦堂以為：

中國文學，數千年來因受著禮教的束縛，詩人們都本著「怨而不怒，哀而不傷」的原則去寫詩，無論如何，總是以「含蓄蘊藉」為高。楚辭、漢賦、唐詩、宋詞，雖然都具有豐富的時代精神，而對於一個「情」字，卻都未曾有過深湛的描寫，逼真的刻畫，以及盡情的抒發與流露；但在曲中，卻完全打破了這種桎梏，脫出了這個藩籬，把男女間相悅的情愛，坦白地、大膽地、赤裸裸地表現了出來，這是它的最大成功處。[十]

九　李正民、董國炎主編：《遼金元文學研究》，（北京：文化藝術出版社，一九九九年五月），頁三七三。

十　同註一，頁三九。

受到當代文學環境影響，馬氏描寫情愛赤裸熱烈，與其描繪景色的風格大不相同。描寫情愛散曲共計三十首，占內容統計第三位，這其實也反應元代文人對言情作品創作熱衷，羅錦堂以為：「言情之作在元人小令中超過千首（小令八百五十三首，套數一百五十九套），約占現存元散曲的四分之一。」[十二]馬氏描寫情愛的作品內容多樣，筆者分為女對男、男對女及男女之歡三部分說明，〈壽陽曲・失題〉二十三首可為代表。

1. 女對男

中國傳統禮教，以順從作為女子美德的衡量標準，故女人在許多方面附屬於男人，鮮少有自我定位。但馬氏卻展現女子對愛情的果決和勇敢：

> 從別後，音信絕，薄情種害煞人也。逢一個見一個因話說，不信你耳輪兒不熱。〈壽陽曲・失題五〉

十二　同前註，頁三九。

從別後，音信杳，夢兒裏也曾來到。問人知行到一萬遭，不信你眼皮兒不跳。〈壽陽曲・失題六〉

心間事，說與他，動不動早言兩罷。罷字而磣可可你道是耍，我心裏怕那不怕。〈壽陽曲・失題七〉

三首小令寫出女子主動追求愛情的一面，當與戀人分離失傳音信，其心境不是哀怨無助、自責罪己，女子反將惱怨之情勇敢表現：「逢一個見一個因話說，不信你耳輪不熱」；「問人知行到一萬遭，不信你眼皮兒不跳」擺脫傳統模式，不再壓抑自我情感，對拋棄她的情郎嚴加撻伐，致遠筆下的女子深情、果敢，勇於為愛奮鬥。

2.男對女

相較女性對愛情的果決與勇敢，馬致遠寫男子對愛情的追求，則明顯內斂許多：

研香汁，展素紙，蘸霜毫略傳心事。和淚謹封斷腸詞，小書生再三傳示。〈壽陽曲・失題十〉

思今日，想去年，依舊綠楊庭院。桃花嫣然三月天，只不見去年人面。〈壽陽曲・失題十三〉

青紗帳，白象床，晚涼生月輪初上。誰家玉簫吹鳳凰，教斷腸人越添惆悵。〈壽陽曲・失題十九〉

第一例「和淚謹封斷腸詞，小書生再三傳示」明白寫出文人面對愛情的小心與含蓄。本曲雖未明寫送與何人，我們仍可發現書生即使為愛而內心波濤洶湧，但面臨情感考驗時，並沒有馬氏筆下女子的果敢，男性禮教枷鎖似乎也扣得比女子還緊：「桃花嫣然三月天，只不見去年人面」頗有崔護〈題都城南莊〉：「人面不知何處去，桃花依舊笑春風」的況味。馬致遠能對女子的性情深入刻畫，可惜並未營造男子果敢的性格，知識分子在《東籬樂府》形象顯得老成及刻板，對於自身情感，不能深刻表達，男女的相思煎熬，青樓女子以「逢一個見一個因話說，不信你眼皮而不跳」直接道破、毫不遮攔；家教謹嚴的閨秀則是「落紅滿階愁似海，問東君故人安在」寄情於景；而知識分子呢？主動一點的是捎封書信，以「蘸霜毫略傳心事」，被動之人只有感嘆「桃花嫣然三月天，只不見去年人面。」因書生受詩、書、禮、樂之薰陶，價值觀與行為不免也深受影響，他們顧慮的層面比女子超出甚多。雖然馬氏描寫知識分子的作品與中國傳統價值規範相合，但也顯示其人物個性缺乏變通的事實。

3.描繪男女之歡

受到元曲風格影響，馬致遠寫男女之間的情愛，明白露骨，不加掩飾：

> 心窩兒與，奶朧兒情，低低的啀聲相應。舌尖抵著牙縫冷，半晌兒使的成病。〈壽陽曲・失題十七〉

此首作品寫出男女歡愛時親熱的狀態，「低低的啀聲相應」一句，瞿鈞將「啀」字解釋為「吻吮之聲」[十二]可以想像這是男女間纏綿、火熱的情感表現，馬氏寫來如此逼真自然。

馬致遠描寫情愛之作，展現熱烈情感，其逼真描摹的手法，雖與當代作品有所聯繫，然而男子表達愛情似乎不如女子的勇敢和真切，也是明顯的事實，此與馬氏的文人意識脫不了關係。

（四）詠史感懷

馬致遠常以歷史人物之遭遇，抒發宿命意識，自古「成者為王，敗者為寇」，歷史人物在致遠

十二　同註六，頁二三五。

筆下，都成為失敗的「英雄」。如：〈慶東原・嘆世〉與〈蟾宮曲・嘆世二〉在在都提出了這樣的感懷與思想。瞿鈞以為：「(馬致遠）一方面通過對上至商周，下至唐宋，幾乎涉及了每一個朝代的，不下二十個歷史人物典故或傳說的引用，表現了對現實社會的不滿、絕望和厭倦。」[十三]而這些歷史人物的結局與其曾有之功業相較，多令人不勝唏噓，如同瞿鈞所言，馬致遠透過歷史人物之蹇滯，為其對現實社會的不滿找尋合理藉口，但是這不代表馬氏以孤絕心態冷眼看人生，相反地他對一些歷史人物，也寄予最深的同情。

詠史感懷筆下描繪最多者，莫過於項羽。〈慶東原・嘆世〉兩首、〈撥不斷・失題十二〉、〈清江引・野興五〉以及〈蟾宮曲・嘆世二〉等作品，全抒發項羽事，筆者於第二章第三節已列出原文，不贅述。馬氏詠史感懷之作，有極深的「矛盾性」，一方面馬致遠對歷史人物的遭遇感到同情，但另一方面則「否定其存在的價值」，企圖反證自己宿命的合理性，歌詠故事作品，又用頌美神仙世界手法，來肯定自己的「功名否定論」。

十三　同註六，頁七三。

（五）歌詠故事

馬氏擅長以「故事」入曲，小令〈四塊玉〉十首，分別歌詠不同人物。有美人之事，如：楊貴妃〈馬嵬坡〉、王昭君〈紫芝路〉，暗喻兩人因皇帝無能，一個自縊馬嵬坡，一個遠出塞和番。士子與佳人，如：范蠡和西施之〈洞庭湖〉、反應文人落拓心境的〈潯陽江〉、歌詠女子為愛反判禮教之〈臨邛市〉、描寫負心漢的〈海神廟〉。這些「故事」或實或虛，在作品引導下，彷佛使人走入當時情境，給與主人翁或抱以喝采，或授與同情。然而若將視野放寬，我們更應注意受神仙道化、道教思想所影響的〈天臺路〉、〈藍橋驛〉、〈巫山廟〉、〈鳳凰坡〉等作品。此四首小令，可與馬致遠創作神仙道化劇的內涵合併觀察。劉方政以為：「馬致遠在神仙道化劇創作上卻是開山之祖，又是成就最高的作家。」[十四] 劉雪梅亦提出馬致遠是創作神仙道化劇數量最多的劇作家，並以為其劇中的幻化色彩，係由道家思想所產生[十五]。馬氏部分歌詠故事之作，含有深刻的神仙道化色彩：

十四　劉方政：〈試論馬致遠的「神仙道化」劇〉，（濟南《東岳論叢》，一九九七年六月，第六期），頁九七——一〇〇。

十五　劉雪梅：〈萬花叢中馬神仙百世集中說致遠——論道教思想對馬致遠神仙道化劇的影響〉，（長沙《中國文學研究》，二〇〇〇年三月，第三期），頁三四——三六。

採藥童，乘鸞客。怨感劉郎下天台，春風再到人何在。桃花又不見開。命薄的窮秀才，誰教你回去來。〈四塊玉・天臺路〉

暮雨迎，朝雲送，暮雨朝雲去無蹤。襄王謾說陽臺夢。雲來也是空，雨來也是空，怎捱十二峰。〈四塊玉・巫山廟〉

玉杵閒，玄霜盡，何敢藍橋望行雲？裴航自有神仙分。原是個竊玉人，做了個賞月人，成就了折桂人。〈四塊玉・藍橋驛〉

〈天臺路〉描述劉晨、阮肇入天台山採藥，遇仙女，受其款待半年求歸，回到家鄉子孫已過七世的故事，作者以「命薄的窮秀才，誰教你回去來。」諷諭劉、阮二人，不懂得把握神仙世界的美好；〈巫山廟〉寫楚襄王夢神女，並與神女行男女歡合事，夢醒後「雲來也是空、雨來也是空」，有著人生無常、歡愛難久、好事成空的感慨。〈藍橋驛〉寫唐傳奇中裴航事。裴航為唐代秀才，在藍橋驛遇見了雲英，欲娶雲英為妻，但其祖母反對，提出若有玉杵臼為聘禮，婚事方可成。後裴航果然得到玉杵臼，在娶雲英為妻後，雙雙入華山玉峰洞為仙。馬氏既以神仙道化劇享譽曲談，可見道家思想深切影響著馬致遠，這是由於：「神仙以玄虛為本、清靜為門，不食人間煙火，超凡脫俗，逍遙自在，是道教所崇尚的一種人生境界。就當時處境艱難、仕途無望的漢族士大夫文人而言，是於紛擾險惡的黑暗現實中看破紅塵後的一種精神寄託。」[十六]筆者以為藉由詠史感懷，馬致遠從功名的負面處否定仕宦；而歌詠故事之作又從修鍊成仙的正面處否定名利，誠如劉方政所述：「被度脫著和度脫者的終點是出世，但形象的基調分別為戀世與憤世、懼世。」[十七]申士堯〈馬致遠仙道劇的主體意識及其與宗教的關係〉也持此論點：「馬致遠將道教意象和創作意象相交結，使宗教意象轉化為具有人性美的文學意象，仙道事跡虛掩其外，世情世態實寓其內。」[十八]

（六）隱逸閒情

元代文人受當時隱逸意識的影響，大量作品書寫閒情隱居，並形成「崇陶之風」，馬氏散曲也不例外，其作品多次提及與陶淵明相關事物如：「黃菊綻東籬下」〈新水令・題西湖〉、「白衣盼殺東

十六　張毅：《中華文學通覽・大漠來風・元代卷》，（北京：中華書局，一九九七年三月），頁六二。

十七　同註十四，頁九十七—一〇〇。

十八　申士堯：〈論馬致遠「仙道」劇的主體意識及其與宗教的關係〉，（西安《陝西教育學院學報》，一九九九年一月，第一期），頁二十二—二十八。

籬客」〈撥不斷・失題十〉等。其中較具代表性者為〈撥不斷・失題〉系列作品，茲舉一首：

菊花開，正歸來，伴虎溪僧鶴林友龍山客，似杜工部陶淵明李太白，有洞庭柑東陽酒西湖蟹，哎，楚三閭休怪。〈撥不斷・失題七〉

陶淵明一句「採菊東籬下」，使得菊花與東籬這兩個名詞，都染上隱逸色彩。此首小令以「菊花開，正歸來」開場，「正歸來」三字寄託〈歸去來辭〉之意。但馬致遠內心果真甘於隱逸？陳友冰以為：

在這些作品中，他們盡情歌唱山林風光、田園佳趣，相伴漁樵、流連詩酒，遠離是非榮辱，任憑散誕逍遙，彷彿個個是神仙中人。其實，這絕不意味元人小令的作者比歷代文人有著更高潔的操守和對大自然有著更深厚的感情。相反地，由於他們遭受著歷代文人沒有遭受的更深重的苦難，更低下的地位，他們的心態比任何時代的文人都更加激憤和不平。這些遁世之作、山林之歌，其前提是出於對現實的不滿。十九

即使是寫閒情隱逸，但作者在讚賞閒適自得的同時，總有不得志的落寞，初期作品總讓人感到馬致

十九 陳友冰、許振軒：《元人小令鑑賞》，（臺北：五南圖書公司，民國八十七年一月），頁二十九。

遠藉彼喻此的心態，真正投身自然，恐怕要到晚年心境轉變、擁抱山水之後：

立峰巒，脫簪冠，夕陽倒影松陰亂，太液澄虛月影寬，海風汗漫雲霞斷，醉眠時小童休喚。

〈撥不斷・失題十五〉

（七）刻畫女子

《東籬樂府》以詳盡的女性敘寫最具特色。中國傳統文化不重描寫女性個人價值之文字，但馬氏作品卻反映不同社會階層下女子的心聲，不僅對大家閨秀書寫詳細，青樓女子也是其敘寫對象，霍然以為：「由於中國封建社會封閉性與制式思考，造成女性形塑有太多的千篇一律、千人一面的美女模式和過濫的沈魚落雁、閉月羞花類的描寫女性美的文字。」[二十]不僅霍然，王怡芬《《花間集》女性敘寫研究》也指出：「文學作品中堆砌了大量的詞藻，來對女性外在的容貌作仔細地描繪，卻往往忽略了女性自身的價值和獨立的人格。」[二十一]相較元代以前的文學作品，對女性敘寫多數偏向

[二十] 霍然：《唐代美學思潮》，（臺北：麗文文化事業公司，民國八十二年十月），頁十八。
[二十一] 王怡芬：《《花間集》女性敘寫研究》，（臺南：國立成功大學中國文學研究所碩士論文，民國八十八年六月），頁二五五。

容貌與身材的描繪，馬致遠則對婦女觀察細緻，抓住女性特點，並捕捉女子形象，同時駕馭文字純熟，對於不同社會階層的女子，有合於其身分之書寫，語言具有逼真的形象性。同時因為深入刻畫，使得女性不再如同前代文學作品，淪於「物屬」與「依附」男子的關係，而有個人思想、情感與心聲。以下將分大家閨秀、青樓女子二類說明：

1. 大家閨秀

馬致遠描寫的大家閨秀，除了從語言上直接表白人物性格，又善於從動作上表現她們富有教養的一面，筆者以為馬氏對閨秀之刻畫，可分為表現天真、展露癡情以及追求愛情三部分：

(1) 表現天真

傳統對上層社會女子形態的描寫，約莫只有花容月貌或故作矜持兩類，馬氏敘寫的大家閨秀，不但聰慧、有個性，活潑又不做作的本性，使人喜愛。散套〈賞花時．掬水月在手〉和〈賞花時．弄花香滿衣〉二首為代表作品：

〔賞花時〕古鏡當天秋正磨，玉露瀼瀼寒漸多，星斗燦銀河。泉澄潦盡，仙桂影婆娑。

〔么〕不覺樓頭二鼓過，慢撒金蓮鳴玉珂，離香閣近花科，丫鬟喚我，渴睡也去來呵。

〔賺煞〕緊相催，閒篤磨，快道與茶茶嬷嬷：寶鑒妝奩準備著，就這月華明乘輿梳裹。喜無那，非是咱風魔，伸玉指盆池內蘸綠波。剛綽起半撮，小梅香也歇和，分明掌上見嫦娥。〈賞花時．掬水月在手〉

〔賞花時〕麗日遲遲簾影篩，燕子來時花正開，閒綉閣冷妝臺。兜鞋信步，後園裏遣悶懷。

〔么〕萬紫千紅妖弄色，嬌態難禁風力擺。時亂點壓埃。見秋千掛起，芳草上層階。

〔賺煞〕猛覷絕，宜簪帶，行不顧香泥綠苔。曉露未晞移綉鞋，愛尋香頻把身挨。喜盈腮，折得向懷揣，就手內遊蜂鬥爭採。不離人左側，風流可愛，貼春衫又引得個粉蝶兒來。〈賞花時．弄花香滿衣〉

〈賞花時．掬水月在手〉寫秋夜賞月的大家閨秀。馬致遠用「寶鑒妝奩準備著」點出女子家境優渥，「慢撒金蓮鳴玉珂」則以玉製配飾與小腳金蓮暗示女子出身大戶人家。而「慢」字更可說明家教之嚴謹，因此要步履姍姍，不能急步而行。等待賞月的過程女子早已藏不住濃濃睡意，這時禮教規範對她已失去作用，當抬頭望見一輪明月，女子突然興起趁著好天良月，裝扮自己的念頭——「就這月華明乘興梳裹」正是她真摯的表現，性情一來，甚至把手伸到池中欲掬起池中明月，雖然結果可能只撈到一手清水，可是女子卻欣喜萬分，以為「分明掌上見嫦娥」，表現純真的個性。從〈賞花時・弄花香滿衣〉「兜鞋信步，後園裏遣悶懷」一句，可知此位女子亦出身豪門，在後花園中排遣寂寞，不能隨心所欲。傳統禮教對中國女子不僅有行動上的控制，更有思想上的箝制，像一代傳給一代的枷鎖，女主角雖受到禮教思想影響，但當春明景麗之時，女子還是不自覺的在蜂蝶亂舞中，為春天來到而「喜盈腮」，滿臉欣喜的她於美景當前，自己也「行不顧香泥綠苔」，忘卻禮教，奔向靠近蝴蝶之處，與蝶共遊。展現女子身處自由，不受拘束的性情。馬氏筆下的閨秀形象，顯得獨特又討人喜歡，此乃因她們表現了自然本性，不矯揉造飾，其實也就是元曲最可貴的「真摯」精神。

(2) 渴望愛情

馬氏書寫的閨秀們相當渴望擁有愛情，《東籬樂府》一些作品都得見端倪，散套〈一枝花・惜春〉最具代表性，從春景書寫，一直到女子內心深處對春情的渴望，馬致遠活用「春」字，詮釋大家閨秀雖滿心春意，對愛情引領而盼，但仍要受限於禮法、家教，不能將心中之事全盤托出，只能不斷壓抑自己，以哀怨羞怯的心情來面對，因此致遠書寫女子情感多以寄託、比興等手法，不著痕跡的寫出女子心事：「但合眼夢裏尋春去。春光堪畫，春景堪圖，春心狂蕩，春夢何如！」明寫春、寫季節、寫景色，但實則描述女子對愛情的渴望。小令中也有相同表現：

琴愁操，香倦燒，盼春來不知春到。日長也小窗前睡著，賣花聲把人驚覺。〈壽陽曲・失題二十二〉

筆者以為作者刻畫女子對於琴、香的倦怠，主因在於「盼春來不知春到」，內文兩個春字，應不只有單單點明季節，還有傳達女子渴望愛情、找尋歸宿的意味。

(3) 展露癡情

馬致遠對於癡情女子有深刻的書寫，以含蓄筆法，婉轉表現女子心境，而非開門見山地一語道破，其散曲不直言癡情女子的落寞，多以景物描繪為始，運用轉化手法，使曲中動物或器物也都與女子產生情感共鳴。如：「梅花笑人休弄影」〈壽陽曲・失題八〉以梅花嘲笑女子借月光舞弄影子，點出女子的落莫與孤寂，將散曲中難以表現的人物心理變化細膩展露：

如年夜，人乍別，角聲寒玉梅驚謝。夢迴酒醒燈盡也，對著冷清清半窗殘月。〈壽陽曲・失題二十〉

薔薇露，荷葉雨，菊花霜冷香庭戶。梅梢月斜人影孤，恨薄情四時辜負。〈壽陽曲‧失題二十一〉

以上我們探討《東籬樂府》刻畫癡情女子的部分。古代女性因受制禮教，故社會活動常被剝奪，不論各方面，都有著從屬男子的情懷，此情愫表現於婦女癡心依附男子而忘卻自我，許多女性為心上人，全心期待，不斷奉獻、不求回報，「女為悅己者容」的心意叫人感動，但是不能變通的癡情、過於依賴的則形象，則須引為借鏡。

2.青樓女子

相較大家閨秀，馬氏對青樓女子的刻畫則明顯有思想和個性，由此可鑑賞馬致遠善於運用人物生活的社會背景，刻畫其形象。宋代重文輕武、強調禮節，故道德標準凌駕一切，元代則是這種枷鎖下的反動，文人不如宋儒般強調氣節，反而著重青樓女子內心活動的刻畫，在作品中賦與女性高度的生命力，將其敢愛敢恨的性情，表現淋漓透徹。馬致遠敘寫的青樓女子深情果敢，勇於追求自身幸福，以下將分兩項研討：

(1) 深情果敢

閨秀的依附意識源於道德教化，由此不難理解青樓女子，飽受社會輕視、嘗盡人間冷暖。所幸馬致遠並未因此藐視這群淪落風塵的女子，在馬氏書寫下，她們顯得有性格、自尊，更有獨立的人格，敢追求所愛，而非金錢交易下讓人看輕的「物品」。這些婦女形象顯得勇敢而前進，當她們受到愛人拋棄後，並不暗自傷懷、全然罪己，反而「逢一個見一個因話說」〈壽陽曲・失題五〉或者是「問人知行到一萬遭」〈壽陽曲・失題六〉果敢面對現實，付諸行動，對無情男子回以顏色。青樓女子以具體行動去證明自己的愛情，即使她們處於燈紅酒綠，一樣主動追求所愛，所以不會因為秋扇見捐而暗自心傷，對於拋棄自己的愛人也有「不信你耳輪兒不熱」或是「不信你眼皮兒不跳」的自信，這些女子，已掙脫風塵枷鎖，展現對自我生命價值的肯定。

(2) 追求幸福歸宿

青樓女子因無法「從一而終」，往往受到不合理的對待，即使從良，多半只能成為小妾，「明媒正娶」可能是她們終其一身想得到的歸宿，卻只能在社會輿論下無奈以對。禮教長久以來阻斷了風塵女子擁有幸福的機會，而衛道者，卻用「不道德」的「齊頭平等」來謀害女性青春，這種「假道學」不也該受檢討？馬致遠刻畫的青樓女子從不自棄，也有自知之明，所以明白「莫向風塵內，久淹留」〈青杏子・姻緣〉也了解要遠離風塵，休擔風月，更清楚領悟青樓生涯只是讓自己成為別人把玩、見膩即丟的物品，因此「莫效臨歧柳，折入時人手」〈青杏子・姻緣〉，寧可追求幸福歸宿，「許持箕帚，願結綢繆」〈青杏子・姻緣〉，去求另一個新生。

杜書瀛《李漁美學研究》曾云：「戲曲的意境與詩詞的意境畢竟有所不同，因為詩詞可以不著重塑造人物性格，甚至不寫人物形象；而戲劇則必須塑造人物性格……。」[二十二]杜氏之語是站在戲曲立場為人物刻畫進行答辯，以文學史演變來看，實屬中肯之言，但筆者則以為詩詞雖「可以」不著重塑造人物性格，但並不代表刻畫人物僅為劇曲專利，能夠在有限的表達環境裏，對人物深入刻畫，難道不是作者技高一籌的表現？上項技巧之所以不常見於詩、詞、曲，與韻文學受字數侷限有關，因此在人物刻畫方面，相較戲曲有表達困難，然而馬致遠卻沒有受限於此，其人物刻畫，唯妙唯肖，相當成功。

[二十二] 杜書瀛：《李漁美學思想研究》，（北京：中國社會科學出版社，一九九八年三月），頁七二。

（八）飄泊感受

馬致遠有三首作品書寫飄泊感受，以〈天淨沙・秋思〉與〈青杏子・悟迷〉最為出色，先將〈天淨沙・秋思〉引錄於下：

枯藤老樹昏鴉，小橋流水人家，古道西風瘦馬。夕陽西下，斷腸人在天涯。〈天淨沙・秋思〉

〈天淨沙・秋思〉為馬致遠小令代表作，王國維《宋元戲曲史》評云：「純是天籟，彷彿唐人絕句。」[二十三]此首小令以二十八字描寫遊子天涯飄泊，表現出念家之意濃濃的情感[二十四]。國人意識中家庭是整體的，個人不能置身於家族之外，因此要父慈子孝、兄友弟恭、夫唱婦隨。團圓的意義代表家族成員彼此「承認」並「認定」親屬之情：「對飄泊的遊子來說，家更是時時牽動遊子的情懷。特別是

[二十三] 王國維：《宋元戲曲史》，（臺北：臺灣商務印書館，民國八十三年十二月），頁一二八。

[二十四] 黃劍朋：〈思伴之情真真念家之意濃濃——讀馬致遠〈天淨沙・秋思〉有感〉，（南京《社會科學》，一九九五年四月，第七十四期），頁六十一。

在失意困頓的時候，家總是以特有的溫暖慰藉著遊子的心靈。」[二十五]因此家對於中國人而言，是溫暖的避風港，為心靈的寄託站。但遊子命運乖舛，宛若失根蘭花，找不到自己來自何處，也不知將歸向何方。故作者將真實性情表露於作品中：

〔青杏子〕世事飽諳多，二十年漂泊生涯，天公放我平生假。剪裁冰雪，追陪風月，管領鶯花。

〔歸賽北〕當日事，到此豈堪夸。氣概自來詩酒客，風流平昔富豪家，兩鬢與生華。

〔初問口〕雲雨行為，雷霆聲價。怪名兒到處裏喧馳的大，沒期程，無時霎，不如一筆都勾罷。

〔怨別離〕再不教魂夢返巫峽，莫燃香休剪髮。柳戶花門從瀟灑，不再踏，一任教人道情分寡。

〔擂鼓體〕也不怕薄母放訏掏，諳得知性格兒從來纖下，顛不剌的相知不綣他，被莽壯兒的哥哥截替了咱。

二十五　王瑜：〈唐人意境與悲秋鄉愁意識的深層意蘊——馬致遠散曲〈天淨沙．秋思〉心解〉，〈哈爾濱《黑龍江教育學院學報》，（一九九五年四月，第四期），頁六十、六十一。

〔賺煞〕休更道咱身邊沒搿剝，便有後半毛也不拔。活績兒從他套共榻，沾泥絮怕甚狂風刮。唱道塵慮俱絕，興來詩吟罷酒醒時茶。兀的不快活煞，喬公事心頭再不掛。〈青杏子・悟迷〉

馬致遠自述經過「二十年飄泊生涯」，體悟自己已兩鬢生華。從前只圖獻身官場，而不明「子孝順、妻賢慧」〈四塊玉・嘆世二〉的可貴，直至晚年才回歸居家之樂，結束無根旅途，此時其心境也產生變化，認清「喬公事心頭再不掛」，遠離虛偽的功名、富貴，回歸家庭，不再流浪。

（九）頌美皇朝

馬氏有散套二首，一反其散曲內容選材，頌美當時皇朝。其中〈寰海清夷〉是向皇帝祝壽的套曲，殘套〈至治華夷〉則歌頌元朝一統天下，茲以〈至治華夷〉為例：

〔粉蝶兒〕至治華夷，正堂堂大元朝世，應乾元九五龍飛。萬斯年，平天下，古燕雄地。日月光輝，喜氤氳一團和氣。

〔醉太平〕小國土盡來朝，大福蔭護助裏。賢、賢，文武宰堯天。喜、喜，五穀豐登，萬民樂業，四方寧治。

〔啄木兒煞〕善教他，歸厚德，太平時龍虎風雲會，聖明皇帝，大元洪福與天齊。〈粉蝶兒——至治華夷〉

本首殘套可知作者對元初政治本有深刻的期待，馬致遠拿「堯舜」之治與元英宗至治年間相提，極力歌頌讚美。瞿鈞以為此作：「反映了作者年輕時政治上的單純和幼稚。」[二十六] 馬顯慈指出歌頌昇平的套曲，和馬致遠其他作品，格調完全不同，可能是應景之作[二十七]。其實不管是項創作出於馬致遠的有意或無心，以客觀角度來看，此類作品為元曲其他三家所無，代表馬致遠對散曲內容的經營，確有過人之處，以下將探討馬致遠第十類作品，更可印證筆者論點。

（十）其他

〈哨遍・張玉岩草書〉和〈耍孩兒・借馬〉內容獨特，分別描寫書法家張玉岩與一位愛馬、知馬的馬主人不願輕易借馬的形象。〈張玉岩草書〉第二章曾提及，以下舉〈借馬〉為例：

[二十六] 同註六，頁一〇五。

[二十七] 同註三，頁一九五。

〔耍孩兒〕近來時買得匹蒲梢騎，氣命兒般看承愛惜。逐宵上草料數十番，喂飼得膘息胖肥。但有些穢污卻早忙刷洗，微有些辛勤便下騎。有那等無知輩，出言要借，對面難推。

〔七煞〕懶設設牽下槽，意遲遲背後隨，氣忿忿懶把鞍來備。我沉吟了半晌語不語？不曉事頹人知不知？他又不是不精細，道不得「他人弓莫挽，他人馬休騎」。

〔六〕不騎呵西棚下涼處拴，騎時節揀地皮平處騎。將青青嫩草頻頻的喂，歇時節肚帶鬆鬆放，怕坐的因尻包兒款款移。勤覷著鞍和轡，牢踏著寶鐙，前口兒休提。

〔五〕饑時節喂些草，渴時節飲些水，著皮膚休使粗氈屈，三山骨休使鞭來打，磚瓦上休教穩著蹄。有口話你明明的記：飽時休走，飲了休馳。

〔四〕拋糞時教乾處拋，尿綽時教淨處尿，拴時節揀個牢固樁橛上繫。路途上休要踏磚塊，過水處不教踐起泥。這馬知人義，似雲長赤兔，如益德烏騅。

〔三〕有汗時休去簷下拴，渲時休教侵著頹，軟煮料草鍘底細。上坡時把款身來聳，下坡時休教走得疾。休道人忒寒碎，休教鞭颩著馬眼，休教鞭擦損毛衣。

〔二〕不借時惡了弟兄，不借時反了面皮。馬兒行囑咐叮嚀記：鞍心馬戶將伊打，刷子去刀莫作疑。祇嘆的一聲長吁氣。哀哀怨怨，切切悲悲。

〔一〕早晨間借與他，日平西盼望你，倚門專等來家內。柔腸寸寸因他斷，側耳頻頻聽你嘶。道一聲好去，早兩淚雙垂。

〔尾〕沒道理沒道理，忒下的忒下的；恰才說來的話君專記，一口氣不違借與了你。〈耍孩兒・借馬〉

兩首散套不惟內容當代元曲家所無，後世亦無人能出其右。關於〈張玉岩草書〉王忠林評云：「這套曲對張玉岩的天才有很高的稱揚，對他作書的姿態、神氣，以及他所寫草書的字體，均有生動神似的描寫。」[二十八]讀此作幾乎勝讀張氏傳論，即使張玉岩未留名青史，其形象也因馬致遠而深入後輩人心。〈借馬〉則對癖者形象的刻畫，開拓了題材新領域：「他（馬致遠）能繪聲繪色地描寫了馬癖的典型性格，為人們認識具有癖性的人物群體，提供了一個血肉豐滿的動人感性形象，這是前人

[二十八] 同註二，頁三三八。

未曾塑造的典型，馬致遠在文學形象塑造方面的貢獻。」[二十九]整首套曲，不受散套內容的限制，字字寫到關鍵、句句打動人心，以此觀之，馬致遠對散曲內容之開拓，實具有積極、深遠的影響力。因為當作品內容不再侷限描寫相同題材時，才會有所創新。如此，文學才是「活」的文學，能給與眾人多方面的認知和感動，提高讀者接受層級。

以上探討馬致遠散曲，包含十項內容，其中描寫景物的作品最多，表白自我和飄泊感受作品別具特色；詠史感懷與歌詠故事作品，以史實和傳說中人物之遭遇，闡明功名利祿的不可靠及投身自然與位列仙班的美好，而歌詠故事之作，多含道教思想，可見宗教對文學內容的影響。隱逸閒情作品，平淡自然，乃作者經多年歷練所得結果；「描寫情愛」與「刻畫女子」之作，則表現馬致遠對女性書寫入微，得見落魄文人視與自身命運相若的女子，同是天涯淪落人。頌美皇朝和其他兩類作品，豐富馬致遠散曲內容，特色獨創為其他曲家所無。故劉大杰以為：「馬致遠在散曲上的成就，是擴大了曲的內容，提高了曲的意境，以他特出的才情，豪邁的氣概，優美的語言，傾現於曲中。」[三十]筆者以為馬氏開拓散曲內容，對元曲發展貢獻不可抹滅，在文學史上應給與合理之定位。

[二十九] 曲振泰：〈對元曲「借馬」的再認識〉，（大連《大連理工大學學報》，（一九九九年六月，第二期），頁七十——七十二。

[三十] 劉大杰：《中國文學發展史》，（臺北：華正書局，民國八十八年八月），頁八一四。

二、與關漢卿、白樸、鄭光祖散曲內容之比較

馬致遠散曲內容種類豐富，小令作品至今存有一一七首，約為關漢卿小令的二倍、白樸三倍、鄭光祖十八倍，散套計有二十二首為關漢卿的一點七倍、白樸五點五倍、鄭光祖十一倍，關漢卿、白樸、鄭光祖三人作品總和，尚不及馬致遠一人之作。在各家作品分類方面，關漢卿散曲在內容分類上計有描寫景物、表白自我、描寫情愛、歌詠故事、刻畫女子、隱逸閒情六類，白樸散曲內容分類與關漢卿同，而鄭光祖散曲內容包含描寫景物、描寫情愛、詠史感懷和飄泊感受四類。上項初步分類可知馬致遠散曲內容已多於其他三家，甚至將三家內容分類總和，也只有八類，故馬致遠散曲內容廣博，三曲家難望其項背。無怪瞿鈞云：「馬致遠的散曲在內容上確乎是至廣、至深、至遠的，大大超過了他的同輩。」[三十一]

對於各曲家作品內容分類，雖能看出各家作品概略，但僅流於表面認知，以鄭光祖留存作品而論，小令僅有六首，散套二首，然可歸類之內容高達四類，足見鄭光祖偏向對不同題材內容的涉獵，但各類作品創作數量都不多，亦使研究者有不夠深入之憾。因此若能將四家散曲歸納比較，定能對

[三十一] 同註六，頁十一。

馬氏有更深的理解，同時也能對四大家散曲內容，有一初步認識。茲將四家散曲內容分類及各類數量統計列表，以見梗概：

元曲四大家散曲內容分類統計表

內容	馬致遠			關漢卿			白樸		鄭光祖	
	小令	散套	殘套	小令	散套	殘套	小令	散套	小令	散套
描寫景物	三十三首			六首	二首	二首	十六首	一首	二首	
表白自我	二十六首	五首	二首	二首	一首		七首	一首		
描寫情愛	二十四首	五首	一首	二十一首	六首		六首	一首	二首	二首
詠史感懷	十七首	一首							一首	
歌詠故事	十首	一首	一首	二十首			一首			
隱逸閒情	六首	一首		四首			一首			
刻畫女子		四首		四首	四首		六首	一首		
飄泊感受	一首	二首							一首	
頌美皇朝		一首	一首							
其他		二首								
合計	一一七首	二十二首	五首	五十七首	十三首	二首	三十七首	四首	六首	二首

由上表可知，個別曲家內容種類比重並不相同，甚至散曲內容會因小令或散套的體制，而在表現手法上有所差別。試說明如下：

（一）馬致遠對各種內容儘可能涉獵

馬氏小令以描寫景物數量最多，其次為表白自我和描寫情愛之作，散套則以描寫情愛和表白自我居第一位，反而描寫景物較少見於馬氏散套，代表因應不同體制，馬致遠懂得在內容上有所調整，儘管如此，我們仍可從表列數據明白馬致遠對各種內容儘可能涉獵，故馬氏散曲內容廣博豐富，詳細實例在論及馬致遠散曲內容已詳述，茲不贅。

（二）關漢卿以描寫情愛、歌詠故事為主

關漢卿小令以描寫情愛之作占第一位，其次為歌詠故事。其他內容雖有創作，但數目遠不如上述兩類作品。其散套仍以描寫情愛為主，其次為刻畫女子。關氏作品，不因體制改變而有所更動，

可見關漢卿對作品內容執著度較高，不過其歌詠故事之作雖占小令內容的第二位，但僅專述單一故事，遠不如馬致遠歌詠多種故事的豐富[三十二]。關氏描寫情愛作品別具特色，茲以小令〈一半兒・題情〉與散套〈桂枝香・秋懷〉之〔桂枝香〕、〔不是路〕兩段為例：

雲鬟霧鬢勝堆鴉，淺露金蓮簌絳紗，不比等閒牆外花。罵你個俏冤家，一半兒難當一半兒耍。

〈一半兒・題情〉

〔桂枝香〕因他別後，懨懨消瘦。粉褪了雨後桃花，帶寬了風前楊柳。這相思怎休？這相思怎休？害得我天長地久，難禁難受。淚痕流，滴破芙蓉面，卻似珍珠斷線頭。

〔不是路〕萬種風流，今日番成一段愁。淚盈眸，雲山滿目恨悠悠。謾追求，情如柳絮風前鬥，性似桃花逐水流。沉吟久，因他數盡殘更漏。恁般僝僽，恁般僝僽。〈桂枝香・秋懷〉

上列散曲都是書寫情愛的代表作品，〈一半兒・題情〉點出男女間半推半就的狀態，寫來正搔人癢

三十二　按：關漢卿〈崔張十六事〉以十六首小令專敘西廂記情節，因數量較多，篇幅較廣，筆者不擬引錄，可見隋樹森：《全元散曲》，（北京：中華書局，二〇〇〇年九月），頁一五八—一六二。

處，無不稱快，而散套〈桂枝香・秋懷〉寫相思之情，為女子代言，不但描寫深入，善用反覆句以「這相思怎休」、「恁般僝僽」陳述女子思念愛人的痛苦。此外尚有〈四塊玉・別情〉、〈沉醉東風〉五首、〈碧玉蕭〉多數小令以及散套〈青杏子・離情〉、〈青杏子・騁懷〉等大作都與情感書寫有關。

（三）白樸小令喜描寫景物，散套則平均分配

白樸小令偏向描寫景色，比重占其作品的百分之四十三點二四，遠高於馬致遠十六個百分點。其他內容雖有創作，但數量與描寫景物作品相比則顯不足。散套現存四首，平均分配在描寫景物之〈青杏子・詠雪〉、表白自我的〈喬木查・對景〉、描寫情愛之〈惱煞人・無題〉和刻畫女子的〈點降唇・無題〉，礙於篇幅，不一一列舉。以下筆者將舉例說明白樸描寫景物之作：

暖風遲日春天，朱顏綠鬢芳年。挈榼攜童跨蹇。溪山佳處，好將春事留連。〈天淨沙・春〉

參差竹筍抽簪，纍垂楊柳攢金，旋趁庭槐綠陰。南風解慍，快哉消我煩襟。〈天淨沙・夏〉

庭前落盡梧桐，水邊開徹芙蓉。解與詩人意同，辭柯霜葉，飛來就我題紅。〈天淨沙・秋〉

門前六出花飛，樽前萬事休提。為問東君消息，急教人探，小梅江上先知。〈天淨沙・冬〉

白樸常以四季作為寫景題材，馬致遠亦於〈小桃紅・四公子宅賦〉採用此一寫作方式，但馬氏總會於句尾點出題旨與白樸純粹寫景之風有別，上面四首小令配合四季描寫當季景物，如：夏天的竹筍、秋天的霜葉，白樸不加雕琢，語法平淡，寫意自然，作品讓人讀來有悠閒自得的感受。

（四）鄭光祖重情愛書寫

鄭光祖小令數目並不多，描寫情愛與景物之作各有二首，散套則全用以書寫情愛。鄭氏著重描寫感情，尤重相思之情，兩首散套可為代表，茲以〈秋閨〉一首為例：

〔駐馬聽近〕敗葉將殘，雨霽風高摧木杪。江鄉瀟灑，數株衰柳罩平橋。露寒波冷翠荷雕，霧濃霜重丹楓老。暮雲收。晴虹散，落霞飄。

〔么〕雨過池塘肥水面，雲歸巖谷瘦山腰。橫空幾行塞鴻高，茂林千點昏鴉噪。日銜山，船艤岸，鳥尋巢。

〔駐馬聽〕悶入孤幃，靜掩重門情似燒。文窗寂靜，畫屏冷落暗魂消。倦聞近砌竹相敲，忍聽鄰院砧聲搗。景無聊，閒階落葉從風掃。

〔么〕玉漏遲遲，銀漢澄澄涼月高。金爐煙燼，錦衾寬剩越難熬。強捱夜永把燈挑，欲求歡夢和衣倒。眼才交，惱人促織叨叨鬧。

〔尾〕一點來不夠身軀小，響喉嚨針眼裏應難到。煎聒的離人，鬥來合噪，草蟲之中無你般薄劣把人焦。急睡著，急驚覺，緊截定陽臺路兒叫。〈駐馬聽近・秋閨〉

整首散套從寫景為始，至〔駐馬聽〕一段，逐漸點出題旨，而後於〔么〕、〔尾〕兩段將相思之情發揮極致：「錦衾寬剩越難熬。強捱夜永把燈挑，欲求歡夢和衣倒」寫出了相思之苦，而「草蟲之中無你般薄劣把人焦」又點出對相思之人又愛又恨的心理，刻畫入微，實為佳作。

以上將元曲四大家散曲由「橫向」的內容分類與「縱向」各別數量探索，比較四人在散曲內容經營上的特點，無論從橫向或縱向來看，馬致遠散曲都獨占鰲頭。總計馬氏作品內容，其他三家作品之和尚不能及，且馬致遠散曲對各種內容儘可能涉獵，不像關漢卿僅偏向描寫情愛或白樸小令一面倒向描寫景物，還是鄭光祖有數量過少的問題，可見馬氏創作技巧高明，不受限於狹礙的內容與規律，將最合於表達的體制賦與應有的內容，此項創新亦是關、白、鄭三家力有未逮的。

第二節　風格

散曲因屬韻文學範疇，故以詩、詞兩項韻文學之規範來檢視散曲，許多方面是符合的。黃永武以為詩的內容，包含空間、時間、情感、理性四樣東西[三十三]：

> 時空壯闊、情理雄健典實，則形成壯美的風格；時空短窄、情理綺豔細膩，則形成優柔的風格；情理受時空的誘導，有時寧靜，有時恣肆；時空受情理的投射，有時含悲，有時喜悅。物我交際，興會萬端，時空情理這四樣東西交互為用，便表現了一切人情景物，構成了多采多姿的詩的境界。

時間、空間、情感與理性為作品內容四大元素，自然也間接對作家風格產生影響，故風格不僅受本身主觀因素，如：成長背景、生活環境、思想傾向與審美觀念所決定，亦受客觀因素，如：時代、

[三十三] 同註七，頁六十。

民族、社會地位所駕馭[三十四]。風格形成因素複雜，事實上一個作家的作品可能呈現兩種或以上不同的風格，甚至彼此尚有對立的關係，如：蘇軾詞為豪放派代表，但蘇軾亦有諸多作品有婉約之風，這就是風格品類並立以及對立關係[三十五]。作家風格形成後，尚會受到相關因素左右，有所調整：「個人風格轉變，除了與個人學習有關之外，環境的變化、境遇的殊異、閱歷之淺深、遭遇之蹇順亦會影響風格之變異。」[三十六]如：李後主作品風格，以亡國前後分期，有所不同。

文學史上，一些詩家的詩歌，往往因其內容具獨特性，形成典範，成為後世仿效的對象，嚴羽

[三十四] 按：此觀念參考童慶炳《文學概論新編》見童慶炳：《文學概論新編》，（北京：北京師範大學出版社，一九九五年十月），頁二四〇。

[三十五] 按：此例係參考楊成鑒《中國詩詞風格研究》，該書第一章第三節，曾舉蘇東坡〈念奴嬌．赤壁懷古〉與〈江城子．乙卯正月三十日夜記夢〉兩例說明：「感情凝結成詩，並且各種不同的感情都能夠體現在詩中。」又於第四章第一節指出嚴迪昌於〈清詩平議〉中把每一個詩人總結為二品或二品以上的風格。故楊氏以為風格品類有並立的關係，即筆者於本文所提：一個作家的作品可能呈現兩種或以上不同的風格。見楊成鑒：《中國詩詞風格研究》，（臺北：洪葉文化事業公司，民國八十四年十二月），頁三十三、三十四與二三一。

[三十六] 林淑貞：《詩話論風格》，（臺北：文津出版社，民國八十八年七月），頁九三。

《滄浪詩話・詩體》將詩家分成三十六體：[三十七]

以人而論，則有蘇李體、曹劉體、陶體、謝體、徐庾體、沈宋體、陳拾遺體、王楊盧駱體、張曲江體、少陵體、太白體、高達夫體、孟浩然體、岑嘉州體、王右丞體、韋蘇州體、韓昌黎體、柳子厚體、韋柳體、李長吉體、李商隱體、盧仝體、白樂天體、元白體、杜牧之體、張藉王建體、賈浪仙體、孟東野體、杜荀鶴體、東坡體、山谷體、後山體、王荊公體、邵康節體、陳簡齋體、楊誠齋體。

是項分類，雖因時代在前，未論及元代曲家。然由此可知風格與作家個人的獨特性，關係密切。林淑貞以為：「風格貴於獨創，模仿和剽竊前人的作品，談不上風格。」又云：「典型化的詩家，其最大的成就即在詩歌領域開拓新的視、聽、閱的享受，成為後人學習仿效的對象，同時也具標示風格特徵的功能，可作為評騭的準則、型範。」[三十八]本節欲探討馬致遠作品風格，並與其他三家比較，以確定馬致遠散曲風格的獨創性，最後則欲以馬氏作品，探討馬致遠風格具有「典型化詩家」的條件。

三十七　郭紹虞：《滄浪詩話校釋》，（臺北：里仁書局，民國七十六年四月），頁五八、五九。

三十八　同註三十六，頁三三四。

一、馬致遠散曲風格

風格形成於文學流派之前，一個作家的作品可能具有多樣風格，但在流派的歸屬上則僅有一種。近人梁乙真將散曲歸為豪放與清麗兩派，其中豪放派以馬致遠為代表，清麗派的代表則為關漢卿[三十九]。後世可能因是項分類，誤認馬致遠僅有豪放風格之作，羅錦堂《中國散曲史》給與馬致遠不一樣的定位：「其（馬致遠）作風，豪放而兼清逸。」[四十]梁乙真自己也不得不讚嘆：「他（馬致遠）的作風豪放之中而兼清逸，頗近詞中的蘇軾。」[四十一]綜合上列各家論述以及筆者觀點，馬致遠散曲風格具有豪放、清麗、婉約、新奇等四項特色，茲分述如下：

（一）豪放

豪放表達作品的「剛性美」，因此作品具有下列特質：「豪邁的氣勢、奔放的激情、廣袤浩瀚的

三十九　梁乙真：《元明散曲小史》，（北京：商務印書館，一九九八年十月），頁七十、一一六。

四十　同註一，頁六五。

四十一　同註三十九，頁一一七。

意境，雄偉的藝術形象。」[四十二]馬致遠大部分散曲風格屬此類，作品讀來情感奔放，豪氣萬千。瀟灑的筆法，常在自我表白、飄泊感受與詠史感懷的作品中抒發，以時空為點線，開展其不吐不快的豪情與壯志，如：「二十年漂泊生涯，天公放我平生假。剪裁冰雪，追陪風月，管領鶯花」〈青杏子・悟迷〉、「東籬半世蹉跎……醒時漁笛，醉後漁歌」〈蟾宮曲・嘆世〉、「半世逢場作戲，險些兒誤了終焉計」〈哨遍——半世逢場作戲〉三首作品，作者自述耽誤半生，追逐功名，然而當馬氏體悟生命不能從頭、必須回歸真實自我後，反展現自己縱身風月，瀟灑不拘的性格：「安排老子留風月」〈哨遍——半世逢場作戲〉，「氣概自來詩酒客，風流平昔富豪家」〈青杏子・悟迷〉，寫來是多麼個儻，即使在厭世下所譜出的〈四塊玉・嘆世〉馬致遠還是不改豪放初衷，多數散曲以「倒大來閒快活」作結，作者表現即使深受命運捉弄，依然樂觀面對困境，宛如蘇軾〈定風坡〉「莫聽穿林打葉聲。何妨吟嘯且徐行」之風範，即使竹杖芒鞋，迎風帶雨，亦瀟灑自如。同樣，詠史感懷之作，也可見馬致遠豪放不拘之氣。〈慶東原・嘆世〉六首小令，分別描述項羽、諸葛亮、曹操等人壯志未成，作者僅在曲末用一句「不如醉還醒，醒而醉」帶過。〈清江引・野興〉，描述歷史人物的悲劇命運，卻以「尋個穩便處閒坐地」作結。馬致遠豪放之風，使得再淡漠的作品，也染上瀟灑奔放的色

[四十二] 同註三十五，頁六六。

彩。而一些描寫情愛之作，不同以往寫相思、訴衷情的作品流於哀怨悲憤，馬氏展現女子主動追求愛情，帶有陽剛的豪放美，〈壽陽曲・失題〉五、六兩首小令可為表率。

馬致遠不論在表白自我、詠史感懷甚至書寫情愛之作，都具有獨特的豪放風格，而其〈夜行船・秋思〉更為代表作：

〔夜行船〕百歲光陰如夢蝶，重回首往事堪嗟。今日春來，明朝花謝，急罰盞夜闌燈滅。

〔喬木宣〕想秦宮漢闕，都做了衰草牛羊野。不恁麼漁樵沒話說。縱荒墳橫斷碑，不辨龍蛇。

〔慶宣和〕投至狐蹤與兔穴，多少豪傑！鼎足雖堅半腰裏折，魏耶晉耶！

〔落梅風〕天教你富，莫太奢。沒多時好天良夜。富家兒更做道你心似鐵，爭辜負了錦堂風月。

〔風入松〕眼前紅日又西斜，疾似下坡車。不爭鏡裏添白雪，上床與鞋履相別。休笑巢鳩計拙，葫蘆提一向裝呆。

〔撥不斷〕利名竭，是非絕。紅塵不向門前惹，綠樹偏宜屋角遮，青山正補牆頭缺，更那堪竹籬茅舍。

〔離亭宴煞〕蛩吟罷一覺才寧貼，雞鳴時萬事無休歇。何年是徹。看密匝匝蟻排兵，亂紛紛蜂釀蜜，急攘攘蠅爭血。裴公綠野堂，陶令白蓮社。愛秋來時那些：和露摘黃花，帶霜分紫蟹，煮酒燒紅葉。想人生有限杯，渾幾個重陽節。人問我頑童記者：便北海探吾來，道東籬醉了也！〈夜行船・秋思〉

這首作品具有強烈的時代色彩，馬致遠一方面揭露爭名奪利、汲汲富貴的醜惡，又展現自身遠離紅塵，願為隱士之情懷，整曲沒有知識分子不受重用的抑鬱與憤慨，反稱自己為頑童，要求「北海探吾來，道東籬醉了也！」周德清評此曲：「諺云百中無一，余曰萬中無一。」[四十三]梁乙真以為：「此詞的好處能於豪放，清逸、蕭爽之中，寓一種淵深樸茂之風；而作者『閒雲野鶴』般的特性也很生動表現出來，尤為東籬作品最有價值的文字。」[四十四]馬顯慈亦提出：「全首散套所呈現的正是馬氏一種奔放自然，豪放曠達的個人獨特風格。」[四十五]馬氏才華洋溢，灑脫放曠，故能表現豪放之氣度，

[四十三] 周德清：《中原音韻》，（臺北：學海出版社，民國八十五年三月），頁二三六。

[四十四] 同註三十九，頁一三〇。

[四十五] 同註三，頁九九。

使作品在數百年後依然為最有價值的文字。

（二）清麗

清麗風格的作品運用清新、深入淺出的語言、明朗的色彩，描繪出秀麗的畫面[四十六]。馬致遠描寫景物之作，格調清麗脫俗，如〈壽陽曲・瀟湘八景〉，文字平淡樸實，描寫山市、漁村等不同景物，形象生動。〈湘妃怨・和盧疏齋西湖〉寫西湖四季之景，歌詠西施的千姿百態，將西湖與西施形象做了成功的聯結，與蘇軾〈湖上初雨〉：「欲把西湖比西子，淡妝濃抹總相宜」異曲同工。四首小令寫來清麗脫俗，宛如一幅幅美麗的圖畫。

馬氏著眼於客觀景色描繪，其作品內容幾乎不見主觀自我，語言平實自然，小令〈天淨沙・秋思（二）〉可為此類作品之註腳：

平沙細草斑斑，曲溪流水潺潺，塞上清秋早寒。一聲新雁，黃雲紅葉青山。〈天淨沙・秋思（二）〉

四十六 同註三十五，頁一七四。

此首小令沒有〈天淨沙・秋思〉飄泊悲壯、斷腸人在天涯的情境，馬致遠以自然筆法描寫塞上風光，從地平線為起點，視點從平沙到溪流，如同蒙太奇的段落剪接，而後視野放置於塞外天空，視覺轉換技巧高明，亦運用了觸覺筆法，以「寒」字點出季節，並以新雁啼叫引出「黃雲、紅葉、青山」，使人感覺一幅塞上秋色圖歷歷在目。作者運用黃、紅、青三種對比色彩，將描繪的塞上之景，宛如拉開薄幔般映入讀者眼簾，更突顯本首小令的清新美麗，整首作品著重寫景，呈現馬致遠文學風格迥然不同的另一面。

（三）婉約

婉約展現文學的柔性之美，作品特徵具有下列特點：「深遠的意境、含蓄、委婉的表現手法，婉麗幽深的藝術形象。」[四十七] 馬致遠婉約之作多用於描寫情愛與刻畫女子，馬氏對婦女形態觀察人微，頗似女性代言人，其刻畫的女子具二種特色，一種是深情勇敢，為愛不顧一切，這類作品展現其豪放之風，另一種則是感情真摯細膩，如：散套〈一枝花・惜春〉將女子渴望獲得愛情的心理，

[四十七] 同註三十五，頁七八。

刻畫的淋漓盡致，本曲完全不提愛情兩字，但作者借用十八個春字，委婉書寫女子心境，不忘為感情真摯的女子塑造她婉約的形象。另一首散套〈集賢賓・思情〉更能反應馬致遠婉約之風：

〔集賢賓〕天涯自他為去客，黃犬信音乖。日日凌波襪冷，濕透青苔。向東風不倚朱扉，傍斜陽也立閒階。撲通地石沉大海，人更在青山外。倦題宮葉字，羞見海棠開。

〔么〕春光有錢容易買，秋景最傷懷。他便似無根蓬草，任飄零不厭塵埃；假饒是線斷風箏，落誰家也要個明白。近來自知浮世窄，少負他惹多苦債。別離期限數，占卜卦錢排。

〔金菊香〕敢投了招婿相公宅，多就了除名煙月牌。迷留沒亂處猜，柳葉眉兒好，等你過章台。

〔浪裏來〕更漏永，怎地捱，砧聲才住角聲哀。有燈光恨煞無月色，是何相待，姮娥影佔了看書齋。

〔尾〕聽夜雨無情，哨紗窗緊慢有三千解。韻欺蛩入耳，點共淚盈腮。疏竹響，晚風篩，划地將芭蕉葉兒擺，意中人何在？猛隨風雨上心來。〈集賢賓・思情〉

此首作品描寫婦女思念丈夫遠遊不歸，作者從其他角度讓讀者識見此位婦女的深情，如：寫女子苦苦等待良人「日日淩波襪冷，濕透青苔」，可見女子為了感情是多麼執著，然而丈夫依然未歸，女子不由得懷疑男子已另結新歡，但她所表現的情感依然內斂：「更漏水，怎地捱，砧聲才住角聲哀」，只是把苦痛埋藏在心坎中，獨自對雨水而淚盈腮，意中人卻仍不知在何方，就如那不停止的風雨，讓婦女更加傷懷。馬顯慈對本首散曲見解獨到：「全套散曲的抒情處理手法十分成熟，人物的情感鋪展細緻而有層次。作者既透過纏綿而婉曲的語言，描繪了主人翁的複雜感受，同時又借助了景物交融的技巧，去把這個情癡女子對愛情專一的高尚情操示現出來。」[四十八]

馬致遠書寫婦女情懷風格婉約，筆法含蓄，使讀者融入女子心境，此一寫作技巧，已把握婉約風格的重要精髓。

（四）新奇

作家風格貴於創新。新奇風格主要特色為：「詩詞內容富於獨創性：豐富的想像，新穎、獨特的構思，新鮮、甚至新奇的題材，對剪裁和構篇作出別出心裁的設計，以及對人們靈魂深處作新的

四十八　同註三，頁一〇二。

發掘：這些須是前人的創作中所未曾出現過的。」[四十九]在中國文學的殿堂下，許多文人可以是絕佳的模擬者，踏著前賢創作腳步，寫出類似作品。雖然文學起源於模仿，但全盤擬作只會使文字咀嚼無味、了無新意，唐詩末期是如此，宋詞晚景亦然，缺乏創新只會把一朝代表文學推進「創作的死胡同」中。所幸在文學史上還有一些文人，不斷在其作品中，推陳出新，不但獨創作者個人風格，更對文學生命的延續和發展有著重要影響，馬致遠就是這樣的一個代表人物。

新奇風格除顯現在馬氏題材新奇，也展現在其構篇別出心裁的設計上：

1. 題材新奇

馬致遠散套〈耍孩兒・借馬〉、〈哨遍——張玉岩草書〉、〈粉蝶兒——寰海清夷〉與殘套〈粉蝶兒——至治華夷〉題材新穎、奇特，為其他曲家所無，〈借馬〉揭示馬主人愛馬成痴，語言詼諧生動，鄭振鐸對此作品評價極高：

> 這是馬致遠的真正崇高的成就。詼諧之極的局面而出之以嚴肅不拘的筆墨，這乃是最高的喜

[四十九] 同註三十五，頁一二一。

劇，正和最偉大的哲人以詼諧的口吻在講學似的；他的態度足夠嚴肅的，但聽的人怡然的笑了。流行的崑劇裏，有一齣借靴（時劇），顯然是脫胎於馬氏這一篇〈借馬〉，卻點金成鐵，變成了惡俗不堪入目的東西了。[五十]

〈借馬〉一曲，實為馬致遠自成一格之作，對於題材創新與後世散曲內容開展，貢獻甚多。瞿鈞以為：「這個散套突破了言情詠景的範圍，擴大了寫作題材，對散曲的發展有很大的影響。」[五十一]同樣，描寫張玉岩，是元曲中關於描繪書法家的僅有之作，瞿鈞指出：「作者衝破了套數、小令專寫男女風情、離愁別恨、抒志的框子，擴大了散曲的題材，別開生面。」[五十二]馬致遠將文學結合書法藝術，除了表現他對書法的精通外，兩者締結，更使人感受到書法豪邁宏肆之美。〈張玉岩草書〉具有題材新奇、構思獨特、想像力豐富等特點，使人對這位素昧平生的書法家，有著欲見其人，欲聽其事的暇想。〈寰海清夷〉與〈至治華夷〉則是頌美皇朝之作，與元代士子普遍不願和朝廷多所牽連的

五十　劉英明、李艷明輯：《鄭振鐸全集》，（石家莊：花山文藝出版社，一九九八年十一月），第七卷，頁三八七、三八八。

五十一　同註六，頁一三〇。

五十二　同前註，頁一二四。

心態有別，更和馬致遠否定功名之作相衝突，而從〈寰海清夷〉〔迎仙客〕一段，又見馬致遠受神仙道化思想所影響：

〔迎仙客〕壽星捧玉杯，王母下瑤池，樂聲齊眾仙來慶喜，六合清，八輔美，九五龍飛，四海昇平日。〈粉蝶兒‧寰海清夷〉

馬氏於〔迎仙客〕表現眾仙臨門，賀喜皇帝的開明之治，亦在〔滿庭芳〕一段道出「滾龍衣垂拱無為」的道家政治思想，以慶賀為名，實際也寄託己意，兩者分寸拿捏恰當，結合神仙事跡，在表達「歌頌皇朝」這樣了無生意的作品上，還能給與讀者不同的感受。

2. 構篇別出心裁

據汪志勇〈全元散曲中的「重頭」研究〉定義重頭小令構成要件為：「音樂上重複的運用（即同一曲牌二首以上），同時在內容上要圍繞一個中心主題（即歌詠一組事物）。」[五十三]該研究列馬致

五十三 汪志勇：《元人散曲新探》，（臺北：學海書局，民國八十五年十一月），頁一三三。

遠為「重要曲家『重頭』占多數次序表」的第五位[五十四]。馬致遠多數小令具有「包裝性」，喜用某一宮調、曲牌歌詠同一類事物，如〈四塊玉・嘆世〉九首表達否定功名、鄙棄富貴，〈壽陽曲・瀟湘八景〉將宋代畫家宋迪八幅圖畫改以文字呈現，〈壽陽曲・失題〉二十三首作品全部描寫情愛，〈湘妃怨・和盧疏齋西湖〉四首，則歌詠西湖四時的景色。上述小令採用同一宮調、曲牌合成一輯，具有章回小說欲知後事，待下回分解的書寫技巧，吸引讀者不將整組小令看完，不願罷手，這些作品為重頭小令之作，反覆吟詠，耐人尋味。小令除具有包裝性外，更有作品表現結尾一致性，於小令尾句不斷重覆，以表達作者於該組小令的中心思想，如：「歸去來」〈四塊玉・恬退〉、「倒大來閒快活」〈四塊玉・嘆世〉以及「不如醉還醒，醒而醉」〈慶東原・嘆世〉與「則不如尋取個穩便處閒坐地」〈清江引・野興〉。結尾重覆，可視為該曲「曲眼」，除可窺見作者的主題思想外，更因表達手法別具新意，使作品具連結效果，環環相扣，反而更可深刻表達作家思維。

羅錦堂以為：「一個大作家的作品，往往是多方面的，很難把他硬性的畫分為某家某派。」[五十五]筆者以為此語形容馬致遠再適合也不過，其豪放之作描寫事物節奏明快，不脫泥帶水；清麗風格作

五十四　同前註，頁一二五。

五十五　同註一，頁四七。

品意境清淡，詞藻秀雅，寫景如畫，色彩鮮明。婉約風格之作描寫情愛與刻畫女子柔婉秀美，曲折有致；新奇風格作品，獨創性強，在選擇題材內容及構篇上力求創新，語出不凡。馬致遠融合多樣的文學風格於一身，這代表馬氏文學生命不斷成長，風格不限一隅，具有高度的拓展性。

二、與關漢卿、白樸、鄭光祖散曲風格之比較

俚俗為元曲特色，故多少影響作品的婉約和清麗。如同梁乙真評關漢卿散曲：「以婉麗見長，然有時亦非常的豪辣灝爛。」[五十六]蔣泊潛評白樸散曲以為：「白樸的散曲，較其劇曲更佳，兼擅豪放清新之長。」[五十七]但王忠林則以為：「我們客觀地評論白樸散曲的風格，應該以他全部作品來衡量，這樣一來，他的作品清麗的較多，豪放的較少，一定要把他歸派的話，歸屬於清麗派較歸屬於豪放派是較為適切的。」[五十八]鄭光祖曲風有濃厚的文人特質，將宋詞婉約的特性寫入散曲，明人何良俊

[五十六] 同註三十九，頁七一。
[五十七] 轉引自同註四，頁一二一。
[五十八] 同前註，頁一二一。

〈四友齋叢說〉稱讚其：「真得詞家三昧者也。」[五十九]作家風格受時代因素影響，馬顯慈研究馬致遠、關漢卿、白樸散曲，其成果頗具參考價值：「白氏散曲作品，以清麗一類為數最多，關氏散曲作品，則以婉約最多……。」[六十]可見二人散曲主要風格。茲依其他三家風格特色列舉作品：

（一）關漢卿、鄭光祖風格重婉約

王忠林以為：「關漢卿對於寫情，是最為擅長的，他的散曲也以這方面作品最精彩。」[六十一]試看其相關創作：

> 自送別，心難捨，一點相思幾時絕。憑欄袖拂楊花雪。溪又斜，山又遮。人去也！〈四塊玉・別情〉

[五十九] 何良俊：《四友齋叢說》，（北京：中華書局，一九九七年十一月），頁三三八。

[六十] 同註三，頁一一〇。

[六十一] 同註四，頁五六。

〈四塊玉・別情〉寫閨中思婦，淒婉秀麗，章短情濃。顧建華評曰：「整首詩如泣如訴，真摯動人，毫無矯揉造作之處，體現了關漢卿健筆寫柔情的創作特色。」[六十二]〈沈醉東風〉作者以「手執著餞行杯，眼閣著別離淚」描述女子不願分離的情景，梁乙真以為此首小令連柳永〈雨霖鈴〉「執手相看淚眼，竟無語凝咽」不能專美於前[六十三]。其他如〈碧玉簫〉以「劃損短金篦」描繪女子思念之深，作品風格婉約淒麗；〈大德歌・夏〉有更委婉的表述，離人不歸，思婦想念之深，只盼伊人歸來，長久等待使思婦「瘦巖巖羞戴石榴花」更為憔悴，關漢卿描寫情愛及女子之作刻畫入微：「讀其戲曲和散曲作品，我們不難發現，他何嘗不是一位具有『感情細緻心靈』和『優美的敏感性』的天才！」[六十四]王星琦所言甚是，關漢卿散曲風格多為婉麗，與其描寫情愛和刻畫女子的作品數量較多有很大的關係。

至於鄭光祖今存散曲內容以描寫情愛、相思為主，作品婉約，車如舜在《全元散曲》對鄭光祖〈駐馬聽近・秋閨〉這首描寫相思之情的散套評云：「其『雨過池塘肥水面，雲歸岩谷瘦山腰』等語，本

六十二 顧建華：《中國元代文學史》，（北京：人民出版社，一九九四年一月），頁一〇八。

六十三 同註三十九，頁七二。

六十四 王星琦：《元明散曲史論》，（南京：南京師範大學出版社，一九九九年十二月），頁二〇七。

色中蘊典雅，繼承中有創新。」[六十五]鄭光祖的作品代表元代後期散曲發展的雅化傾向[六十六]，此時典雅氣息，已吹向整個曲壇，因此豪辣灝爛的創作較元曲前期沉寂，〈蟾宮曲・夢中作〉可為代表：

半窗幽夢微茫，歌罷錢塘，賦罷高唐。風入羅幃，爽入疏櫺，月照紗窗。縹緲見梨花淡粧，依稀聞蘭麝餘香。喚起思量，待不思量，怎不思量！〈蟾宮曲・夢中作〉

這首小令寫夢中與情人相會之景，意境迷離，主人翁在午夜夢迴、半夢半醒之際品味夢境，追尋夢境。末句「喚起思量，待不思量，怎不思量」一唱三嘆，王星琦以為：「此曲夢餘又入幻境，豈止奇絕，更入神境！」[六十七]鄭光祖相思之作，風格婉約而含蓄，但內心則情感奔放。

（二）白樸風格主清麗

[六十五] 按：車文收於吳庚順、呂薇芬主編《全元散曲》。見吳庚順、呂薇芬主編：《全元散曲》，（瀋陽：遼寧人民出版社，二〇〇〇年一月），頁四五一。

[六十六] 按：此說法可從王星琦《元明散曲史論》第二章第二節查得。見同註六十四，頁二〇二——二六二。

[六十七] 同註六十四，頁二五二。

白樸作品多以寫景為主，尤其更偏愛描寫春、夏、秋、冬四時景色，小令據《全元散曲》計三十七首，其中有十二首用以歌詠四季，分別為〈天淨沙〉八首及〈德勝樂〉四首，茲列舉兩首：

春山暖日和風，闌干樓閣簾櫳，楊柳秋千院中，啼鶯舞燕，小橋流水飛紅。《天淨沙・春》

孤村落日殘霞，輕煙老樹寒鴉，一點飛鴻影下。青山綠水，白草紅葉黃花。《天淨沙・秋》

十二首詠四時之作，展現白樸對自然、四季的熱愛，尤以《天淨沙・秋》一首可與馬致遠〈秋思〉相論，並稱秋思雙絕[六十八]。白樸〈天淨沙〉與馬致遠作品雖採同一宮調、曲牌，但馬致遠〈秋思〉造語凝重，白樸則顯現出境界的雋永，這與其曾受元好問薰陶，有良好的古典文學根基有關。梁乙真評白樸散曲：「俊逸有神；而小令尤為清雋。」[六十九]賴橋本以為：「他（白樸）寫景的作品很多，文字清麗，手法細膩，能夠表現詩情畫意。有的寫春夏秋冬四季景色，有的寫四季中不同的生活情

[六十八] 同註一，頁六一。
[六十九] 同註三十九，頁一〇八。

趣，寫來很是清麗自然。」[七十]羅錦堂亦云：「（白樸）所作散曲，多清俊飄逸，朗朗可喜。」[七十一]綜合諸家所見與筆者研究成果，白樸散曲風格清麗，作品讀來清新雋永，俊逸可愛。

以上分析元曲四大家風格，馬致遠以豪放見長兼有婉約、清麗與新奇等四項特色，關漢卿與鄭光祖作品風格婉約，白樸風格則主清麗，比較四家風格可知馬致遠類別最多，可包含其他三家，這與作品內容題材寬廣有很大的關係。研究馬致遠散曲內容，再細探馬氏散曲風格，其特色多元，作品不落窠臼、並開創散曲題材，證明馬致遠是一位「典型化詩家」[七十二]，為散曲內容注入新流，因此馬致遠的努力在元代，甚至整個中國文學史上具有積極意義。

七十　賴橋本：《詞曲散論》，（臺北：文津出版社，民國七十九年三月），頁二〇七。

七十一　同註一，頁六一。

七十二　按：典型化詩家為作者作品有特殊風格、獨創性，異於其他作家，在文學史上具有自成一派的大家風範者。林淑貞歸納典型化詩家條件有三：一、審美客體須具備獨特的形象，以加強視聽感染力。二、題材的創構必須具有開創性，非一味因襲。三、主旨內容具有強大的概括性與包容性。以上述條件檢驗馬氏散曲，可知其具有「典型化詩家」條件。關於第一與第二點，第四章均有論述，第三點則代表作家對題材人物所處情境的了解，如：〈賞花時・掬水月在手〉寫天真女子的活潑可愛；〈耍孩兒・借馬〉寫借馬之人愛馬、憐馬的內心情境，神氣活現，躍然紙上，宛如自身曾經歷此情此狀，故馬致遠符合典型化詩家三要件。見同註三十六，頁三三二、三三三。

第五章　藝術表現

先民數千年來之耕耘，締造多次文明，藝術隨人類文化的進步，更為多元與精緻。陳朝平以為：「藝術種類繁多，舉凡繪畫、雕刻、建築、工藝、文學、書法、篆刻、音樂、舞蹈、戲劇、電影，乃至環境設計、裝潢、插花，以及種種民俗技藝等……藝術的存在遍及民生的食、衣、住、行、育、樂的領域中。藝術即生活，而且是高層次的生活需求。」[一]文學屬藝術範疇，文藝作品之優劣在於傳達方式，可否能讓讀者心神領會。而讀者接受的程度，又與作品傳達技巧有關，因此若沒有適當的藝術表現，詩人情感總有乾涸的時候，藝術表現為文藝的展示窗，為文學之傳達以及讀者接受，指引明確的道路。

邱意珍《形、色、詩詞意境共感覺之研究》以為：「對長期接觸藝術創作者言，藝術感通的形成，似乎比非藝術創作者來得容易。原因即藝術的創作者對其專業的領域有較為深刻的認識，而又能時時帶著專業的眼光看待周遭事物，較善於感受其他事物和自己創作之間的某內在聯繫，又善於

一　陳朝平：《藝術概論》，（臺北：五南圖書出版公司，民國八十九年二月），頁三。

在自身的心理活動中，把各種不同的感受聯繫起來，而達到感通的境界。」[二]藝術涵養與鑑賞層次呈正比，但元曲讀者多為平民，缺乏高度的審美水平，欲觸發讀者感通，唯有倚靠作者的撰寫技巧，引領讀者到作品情境。故情境為作者、作品與讀者間的重要橋樑，作者若善於營造情境，作品總使讀者在閱讀後有「餘音繞樑，三日不絕」的感動，馬致遠《東籬樂府》情境之所以營造成功，正是建立在形象具體化與善於突顯焦點兩方面，於本章將探索馬致遠意境營造成功之因，藉《東籬樂府》藝術表現印證其文學價值。

第一節　形象具體化

王國維《人間詞話》認為：「詩人對自然人生，須入乎其內，又須出乎其外。入乎其內，故能

二　邱意珍：《形、色、詩詞意境共感覺之研究》，（臺北：國立臺灣工業技術學院工程技術研究所設計技術學程碩士論文，民國八十四年七月），頁七、八。

寫之。出乎其外，故能觀之。入乎其內，故有生氣。出乎其外，故有高致。」[三]又說：「詩人必有輕視外物之意，故能以奴僕命風月。又必有重視外物之意，故能與花鳥同憂樂。」[四]作家從環境中尋找寫作題材，再將材料融入於心，結合情感，形成獨一無二之境界，從中達到「詩言志」的理想，讀者也可藉由作品，感受作者真意。羅師賢淑以為：「一般人搖筆為文，必然有寫作動機，但卻未必懷有創作上的理念；而立志筆耕的作家，則多半有一套屬於自己的創作理念並加以貫注、發揚於作品之內，便能成為出色的作家。」[五]馬致遠《東籬樂府》運用平淺文字寫作，化平易為具體，使形象重現於讀者眼前，傳達創作理念則更具效果。朱光潛指出：「無論藝術或自然，如果一件事物叫你覺得美，它一定能在你心眼中現出一種具體的境界，或是一幅新鮮的圖畫，而這種境界必定在霎時中霸佔住你的意識全部，使你聚精會神地觀賞它、領略它，以至於把它以外一切事物都暫時忘去。這種經驗就是形相的直覺。」[六]馬致遠散曲之所以容易引發讀者共鳴，乃因作者將形象具體化，

[三] 滕咸惠校注：《人間詞話新注》，（臺北：里仁書局，民國八十三年十一月），頁一一八。

[四] 同前註，頁一二二。

[五] 羅師賢淑：《金庸武俠小說研究》，（臺北：中國文化大學中國文學研究所博士論文，民國八十八年六月），頁二十六。

[六] 朱光潛：《文藝心理學》，（臺南：大夏出版社，民國九十年四月），頁五。

運用典故、譬喻、轉化三項技巧，將抽象事物栩栩如生的呈現在讀者眼前，因此能夠觸發讀者美感經驗，使其走入詩詞美學境界，以下將討論馬致遠運用此三項技巧的梗概。

一、活用典故

范寧〈典詮叢書序〉對使用典故見解如下：「詩文中的典故能夠起到含蓄、洗練委婉和聯想翩翩等作用。這是由於典故把一個豐富生動的故事濃縮成一個詞或一個短語產生的結果。……恰當地使用典故可以增強語言表現力和藝術感染力。一個國家的語言文學中成語典故多，往往可以作為測量該國精神文明的標尺，並標示著這個國家文化歷史寶藏的豐富。」[七]活用典故可以充足文氣，使文章精鍊，同時利用一般人「信古」心理，為自己的議論找根據，尤其在文字獄時期，典故尚便於比況和寄託，若不便直言陳述，以暗指、襯托等委婉手法則可顯現，不但可以遠除罪罰，也收勸戒和諷諭之效。

《東籬樂府》多用典故，馬致遠不僅在歷史人物中取材，民間故事或傳說人物也為其運用範圍。

七　呂薇芬：《全元散曲典故辭典》，（武漢：湖北辭書出版社，一九八五年九月），頁四、五。

除了散曲內容用典外，馬氏亦長於在作品標題上使用典故：〈壽陽曲・瀟湘八景〉、〈四塊玉〉十首以及散套〈夜行船——一片花飛〉為代表作。馬致遠活用各種不同的歷史或傳說人物事蹟，為其議論做見證，除了有減少書寫篇幅的優點外，更能快速影響人心。黃慶萱以為：「引用了典故，可以節省了許多說明，因而文字更簡潔。而典故的本身，又是鮮明生動的事實，為一種具有形象的文字。」[八]馬致遠在用典的安排上懂得結合主題思想，活用實例以感人心，試說明如下：

（一）引項羽、韓信典表達嘆世

《東籬樂府》以項羽、韓信兩人興廢，表達嘆世思想，整部作品，運用典故，巧妙將二人史事相連，形成鮮明的對照：

1. 項羽

拔山力，舉鼎威，喑嗚叱咤千人廢。陰陵道北，烏江岸西，休了衣錦東歸。不如醉還醒，醒

八　黃慶萱：《修辭學》，（臺北：三民書局，民國八十九年十月），頁一一七、一一八。

而醉。〈慶東原・嘆世一〉

楚霸王火燒了秦宮室，蓋世英雄氣。陰陵迷路時，船渡烏江際，則不如尋個穩便處閒坐地。〈清江引・野興五〉

2.韓信

競江山，為長安，張良放火連雲棧，韓信獨登拜將壇，霸王自刎烏江岸，再誰分楚漢！〈撥不斷・失題十二〉

咸陽百二山河，兩字功名，幾陣干戈。項廢東吳，劉興西蜀，夢說南柯。韓信功兀的般證果，蒯通言那裏是風魔，成也蕭何，敗也蕭何，醉了由他。〈蟾宮曲・嘆世二〉

作者由兩人生平著筆，項羽有著喑嗚叱咤千人廢的蓋世勇，韓信則靠著自己努力，從乞討到獨登將壇。兩人一個平步青雲，另一個則經歷大風大浪。項羽雖集尊寵於一身，但在韓信等人的運籌帷幄下，也不得不自刎烏江岸，而了斷項羽的韓信，即使拜相封侯亦慘遭呂后誅滅，作者舉用兩人事，傳達窮通需待天時、禍福無常、富貴由命不由人的思想，馬氏不需多費筆墨，讀者單見兩人事例，即能深刻領會。

（二）以買臣、王粲例表現懷才不遇

朱買臣《漢書》卷三十四〈朱買臣傳〉可查訪[九]，以買臣負薪事最為後人所稱道，而王粲《登樓賦》素享盛名，其人得見於《三國志》卷二十一[十]，馬氏以朱買臣、王粲例，表現懷才不遇的悲喊：

擔頭擔明月，斧磨石上苔。且做樵夫隱去來，柴，買臣安在哉！空岩外，老了棟梁材。〈金字經・失題二〉

夜來西風裏，九天雕鶚飛。困煞中原一布衣，悲，故人知未知。登樓意，恨無上天梯。〈金字經・失題三〉

作者列舉朱買臣、王粲兩人事例，傳達才不受用的苦悶，以「他人事」傳述「己意」，活用典故，

九 楊家駱主編：《新校本漢書集注并附編二種》，（臺北：鼎文書局，未註出版年月），第四冊，頁二七九一——二七九四。

十 二十五史刊行委員會：《二十五史》，（臺北：臺灣開明書店，民國五十一年七月），第二冊，頁九七八。

說服力極高。

（三）以東籬傳達對自然的嚮往

馬致遠十分推崇陶淵明，自稱東籬，更於其作品營造「東籬」意象，表現馬氏渴望投身自然、與世無爭的另一面：

1. 以東籬自表

東籬半世蹉跎，〈蟾宮曲・嘆世〉

東籬本是風月主，〈清江引・野興〉

白髮勸東籬，西村最好幽棲〈哨遍——半世逢場作戲〉

作者以東籬自比，傳達了馬致遠對靖節先生「採菊東籬下，悠然見南山」的崇敬，雖不明講自己對山水田園的心怡，讀者從馬氏散曲也能心神領會。

2.與自然景物結合的「東籬」意象

馬氏於自然景物中常結合「東籬」意象，這些景物無不對「東籬」有著仰慕之情：

丹楓醉倒秋山色，黃菊雕殘戲馬臺，白衣盼殺東籬客，〈撥不斷・失題〉

黃菊綻東籬下。〈新水令・題西湖〉

對東籬，思北海，憶南樓。〈行香子——無也閒愁〉

白衣期盼東籬的來訪，黃菊願綻放在東籬之下，似乎東籬已成為自然景物的精神寄託，就連馬致遠〈喬牌兒——世途人易老〉亦有「我道俺東籬下是非少」一語，馬氏敬仰陶淵明不為五斗米折腰、種豆南山下的風範，點醒讀者：人與自然結合、與世無爭之美好，善用典故，為個人生命認知做註解，一方面也教化過於重視切身利害的讀者，提供他們新的視野。

(四)以乘禽遠去表露對仙界的神往

元代前期散曲藉由書會、劇場與民間相互交流，全真教「性命雙修」之論點與多族人民雜處之時代背景，激發文人思索個體價值及生命意義，文人作品常表達成仙之思想，馬致遠雜劇如：《劉阮誤入桃源洞》、《呂洞賓三醉岳陽樓》、《王祖師三度馬丹陽》更是神仙道化劇的代表作。而在散曲創作方面，馬氏則常以乘禽遠去表達脫離凡塵俗擾：

弄玉吹簫送蕭郎。送蕭郎共上青霄上，〈四塊玉・鳳凰坡〉

採藥童，乘鸞客。〈四塊玉・天臺路〉

恨不得待跨鸞歸去。〈壽陽曲・失題〉

乘鸞典故出於漢朝劉向《列仙傳》[十一]，記載蕭史與弄玉成仙事。蕭史為秦穆公時人，善吹簫，能引禽類於庭，娶穆公之女弄玉，後兩人雙雙騎鳳成仙而去。馬致遠以通俗易懂的傳說，表達其渴望位列仙班、遠離凡塵，更使讀者因典故淺白，容易了解而與作者有契合的共鳴。

筆者以為活用典故乃《東籬樂府》形象具體化的原因之一，運用讀者與作者既有的認知（典故），造成新聯想（作者的立說），馬致遠引用眾所周知的事件，藉由一般人對崇拜權威以及尊重大眾意

十一 同註七，頁二〇〇。

見，提供了簡潔且具形象化的文字，配合寫作主旨，充份表達嘆世之情並闡述己意，其典故有對現實的憧憬，更有對未知仙界的嚮往。

二、多處譬喻

譬喻是一種「借此喻彼」的修辭法。黃慶萱以為：「譬喻的理論架構是建立在心理學『類化作用』的基礎上——利用舊經驗引起新經驗。通常是以易知說明難知；以具體說明抽象。使人在恍然大悟中驚佩作者設喻之巧妙，從而產生滿足與信服的快感。」[十二]善用譬喻不但可使文意容易直陳，更能使讀者對作者著述立意得以明白，其最大功用，莫過於化繁為簡、使抽象變具體、讓無情成有情，使讀者感染到作者立言之壯志，從而進入作品境界，品味作者的文字技巧。

譬喻由喻體、喻詞、喻依三者配合而成，喻體代表欲說明之主體，喻詞則為連接詞語，用以比方說明，為喻體找依據，而透過喻依，我們可以清楚明白所要比方的事物。因喻體、喻詞可以省略或改變，所以又可將譬喻分為明喻、隱喻、借喻以及略喻四種，《東籬樂府》譬喻修辭，以明喻、

十二　同註八，頁二二七。

借喻為主，隱喻只有五項，由於本節係以多處譬喻為主題，並非解釋譬喻修辭，為求理解，將於第一例或較不易理解處附有說明，其餘僅列出實例。

（一）明喻

「喻體」、「喻詞」、「喻依」三者具備的譬喻，叫作「明喻」。馬致遠散套常以明喻作為表現技巧。經筆者歸納《東籬樂府》共有十六項明喻修辭，試說明如下：

紅日如奔過隙駒，〈撥不斷・失題四〉

此例「紅日」是喻體，代表要闡明的主體，「如」為喻詞，用以連接喻體和喻依的繫詞、「過隙駒」乃喻依，說明喻體的另一事物，本例含有喻體、喻詞、喻依三者，故為明喻。

船去似馭雲行。〈賞花時・長江風送客〉

春夢似華胥。〈一枝花・惜春〉

休耽擱一天柳絮如綿舞，〈一枝花・惜春〉

滿地殘花似錦鋪。〈一枝花・惜春〉

別人見心似錐剜。〈一枝花・詠莊宗行樂〉

聲清恰似蠶食葉，〈哨遍——張玉岩草書〉

惡如山鬼拔枯樹，〈哨遍——張玉岩草書〉

媚如楊妃按羽衣，〈哨遍——張玉岩草書〉

百歲光陰如夢蝶〈夜行船・秋思〉[十三]

雪片似江梅，血點般山茶〈新水令・題西湖〉

此例中「江梅」、「山茶」是喻體，「似」、「般」為喻詞，「雪片」、「血點」乃喻依，屬明喻。本例因

十三　按：「如」字從《中原音韻》見第二章註三十七，瞿鈞：《東籬樂府全集》，（天津：天津古籍出版社，一九九〇年三月），頁一四三。

另有倒裝修辭使用，故喻體、喻依有變動，依該散套前、後文，馬致遠描寫冬季梅花與山茶綻放之景象，因此用雪片與血點比擬江梅和山茶盛開的情況。

幾點林櫻似丹砂。〈新水令・題西湖〉

鶯也似歌喉，〈行香子——無也閒愁〉

富家兒更做道你心似鐵，〈夜行船・秋思〉

眼前紅日又西斜，疾似下坡車〈夜行船・秋思〉

他便似無根蓬草，〈集賢賓・思情〉

明喻以明確手法，以此喻彼，相較隱喻、略喻等修辭，容易使讀者運用聯想，而對喻體了解更深。《東籬樂府》十六項明喻修辭，十五項出自散套，小令採明喻辭格並不常見，筆者以為此與散套自由度較高，可配合其他曲牌，增廣篇幅有關，由此亦可知馬致遠懂得視其寫作類別，靈活運用修辭。

（二）隱喻

具備「喻體」、「喻依」，將喻詞採肯定繫詞，如：「是」、「為」等字者，稱為「隱喻」。《東籬樂府》隱喻修辭格計有五項：

霓裳便是中原患。〈四塊玉・馬嵬坡〉

此例喻詞由繫詞代替，為隱喻，形成「霓裳」是喻體，繫詞「是」，「中原患」則為喻依，以婉轉筆法點出楊貴妃與安史之亂的關係。本例其實包含「隱喻」與「借喻」兩項技巧，以整句「霓裳便是中原患」來看屬於「隱喻」，若以霓裳兩字解讀則屬「借喻」。

綠蓑衣紫羅袍誰是主，〈清江引・野興〉

「綠蓑衣紫羅袍」是喻體，繫詞「是」，「主」則為喻依，以較不顯明的手法，詮釋作者心中「仕」與「不仕」的權衡，而「誰是主」又帶有設問語調，加強本句語氣。此例也包含「隱喻」與「借喻」兩項技巧，整句「綠蓑衣紫羅袍誰是主」屬「隱喻」，而以「綠蓑衣」、「紫羅袍」兩詞來看則為「借喻」。

東籬本是風月主，〈清江引・野興〉

則這是治梨園的周武，〈一枝花・詠莊宗行樂〉

隱喻的使用，容易因其抽象性，間接造成讀者閱讀時的障礙，因此馬致遠少用隱喻，即使採用「隱喻」也會配合「借喻」闡明作者中心思想，同時將抽象內容實體化。《東籬樂府》對於隱喻使用，數量明顯不及「明喻」、「略喻」與「借喻」，筆者以為這正是形象具體化的最好例證。

（三）借喻

將「喻體」、「喻詞」省略，僅存「喻依」稱為「借喻」。《東籬樂府》借喻使用計十一次，且多見於馬致遠小令：

空岩外，老了棟梁材。〈金字經・失題二〉

此例馬致遠以棟梁材自比，因此「棟梁材」是喻依，本例無喻體、喻詞，故為借喻。

登樓意，恨無上天梯。〈金字經・失題三〉

霓裳便是中原患。〈四塊玉・馬嵬坡〉

閒身跳出紅塵外。〈四塊玉・恬退二〉

本例喻依為「紅塵」，借喻官場紛擾，下例相同。

遠紅塵千丈波，〈四塊玉・嘆世一〉

帳前滴盡英雄淚。〈慶東原・嘆世二〉

長星墜地，〈慶東原・嘆世三〉

本例喻依為「長星」，用以借喻神機妙算的諸葛孔明。

綠蓑衣紫羅袍誰是主，〈清江引・野興一〉

本例喻依為「綠蓑衣」、「紫羅袍」，其中綠蓑衣用以借喻平民，而紫羅袍則借喻貴族。

嬌滴滴海棠顏色。〈壽陽曲・失題十二〉

金蓮肯分迭半折。〈壽陽曲・失題十二〉

已是黃柑紫蟹時。〈湘妃怨・和盧疏齋西湖三〉

本例喻依為「黃柑紫蟹」，拿秋季所產的柑菊與紫蟹，用以借喻秋天已經來到。

馬致遠小令大量使用借喻格，適當的借喻與典故使用有異曲同工之妙，能讓讀者從具體事物中，產生對照效果，加強接受度，因此馬致遠運用借喻多舉出「實例」或「實物」，在實例部分採用歷史典故；而實物部分則運用顏色或季節產物，如：「綠蓑衣」、「紫羅袍」、「黃柑紫蟹」等，營造作品實境，使讀者容易產生形象聯想。

（四）略喻

由於喻詞省略，因此略喻有含蓄之美，沒有一語道破、韻味盡失之憾。《東籬樂府》計七項略喻：

照星橋火樹銀花，〈青哥兒・十二月・正月〉

本例喻體為「星橋」，喻依為「火樹銀花」，喻詞則省略，故為略喻。

白頭漸滿楊花雪，〈撥不斷・失題四〉

江梅態，桃杏腮〈壽陽曲・失題十二〉

本例喻體為「態」、「腮」，喻依為「江梅」、「桃杏」，喻詞則省略，屬略喻。由於喻詞省略，直接以江梅與桃杏譬喻女子之神態與臉色，本例看似喻體、喻依的顛倒，事實上馬氏運用此法以強調女子的美麗，寫作技巧高明。

瘦厭厭柳腰一捻。〈壽陽曲・失題十二〉

標格江梅清秀，〈青杏子・姻緣〉

此例喻體為「標格」，喻依是「江梅」，喻詞省略，屬略喻。標格兩字瞿鈞以為：「有江畔梅樹那樣的清秀的風度。」[十四]故本例以江梅特性喻女子清秀的風度。

[十四] 按：此例可見瞿鈞《東籬樂府全集》〈青杏子・姻緣〉之註釋四，同前註，頁一一九。

腰肢宮柳輕柔。〈青杏子・姻緣〉

繁華一夢天來大，〈新水令・題西湖〉

由於略喻省略喻詞，較為精簡，因此為使讀者便於理解，馬氏採特定略喻方式，如：常用「柳」形容腰枝纖細，多用「江梅」比喻女子美麗的體態。諸多略喻技巧，讓讀者容易領會作者所要表達的文學底蘊。

馬致遠運用「形象化」、「具體化」的譬喻技巧，加強對作品的感知，不僅如此，馬氏還懂得配合作品形式，使用適合的修辭，小令多用借喻、略喻以精簡文字，散套則多採明喻，不但配合散曲體製，作品內容更易讓讀者理解。

三、善用轉化

人類的天性中，總有厭倦平常、喜新厭舊的新奇需要，蔡謀芳以為：「正常的句法，其主語與謂語之間，自然具有一種統一性。但在文學作品中卻有刻意造就『不統一』的時機。『統一』是常態，『不統一』是變格。『轉化』云者，就是指這種變格而言。」[十五]蔡謀芳指出不統一之變格，即黃永武《中國詩學》「反常合道」的概念：「詩既有創新語言創新想像的任務，所以從形式上說，詩句是可以不用日常語言習慣的聯接法，也可以改變字的詞性作用；就內容上說，它可以跳出習慣的聯想，它可以賦予常用字一種新鮮的用法，它可以用超出常理的過分誇張，它也可以改變日常的景物，使任何無情的變為有情，它可以自定一套主觀的推理方式，看似無理，卻生妙意。」[十六]表達不合常理，反可突破語言的一成不變，達到「無理而妙」。

運用轉化，讓作品夠新鮮、有創意，可給與讀者閱讀上的刺激，更能喚起讀者移情作用，加強作品審美效果。一般文章多以平鋪直述手法寫作，作者藉由轉化法，加入自身情感，從而感動人心，不論是擬物為人、擬人為物，還是擬虛為實，透過轉化使作品讓人有煥然一新的感受，杜甫〈春望〉「感時花濺淚，恨別鳥驚心」就是轉化法的最佳註腳，現實世界花何嘗會掉淚？鳥又怎會驚心？這無非將人的情感加諸在物的身上，使情景相融。

十五　蔡謀芳：《表達的藝術——修辭二十五講》，（臺北：三民書局，民國七十九年十二月），頁十一。

十六　黃永武：《中國詩學・設計篇》，（臺北：巨流圖書公司，民國八十八年九月），頁二五〇。

文學作品以內容技巧取勝，不如商品銷售，總以出售量為標竿。因此儘管取料再如何豐富，這些材料傳達靜止的表象或無生命的圖畫，即使能引起注意，不過驚鴻一瞥後就如過眼雲煙，很難引發讀者共鳴。然而馬致遠卻能運用轉化手法，使筆下植物、動物、器物，由原本靜態畫面，變為一系列動態的影片，擬物成人，化靜為動。沒有感情的物象，在馬氏描繪下，都有如生命般的神氣活現。以下分植物、動物、器物三方面，舉例說明：

（一）植物

植物屬於「靜態」感官印象，但透過轉化，不但有動作性，更有人的知覺與神情：

看東風桃李爭春，〈青哥兒・十二月・二月〉

以「爭」字表達搶先之動作，改變植物因春暖花自開的慣性，反客為主，讓桃、李「自覺」春天而生長。

丹楓醉倒秋山色，〈撥不斷・失題〉

「醉倒」原本形容人酒醉不醒的樣子，馬致遠用「丹楓醉倒秋山色」突顯景色之美。

梅花笑人休弄影，〈壽陽曲・失題〉

「笑」為動詞，代表人因喜悅而發出的聲響，植物不具有人類情感，「笑」字使用一反常人對梅花冰清玉潔的印象，增添了活潑性。

向人嬌杏花，撲人衣柳花，迎人笑桃花。〈新水令・題西湖〉

同上例，作者運用動詞讓植物具有動態感，且三句連用轉化法，效果更為加強。

角聲寒玉梅驚謝。〈壽陽曲・失題〉

「驚」表害怕之意，此為動物才具有的感受，但馬氏卻賦予梅花是項特質。

植物在馬致遠筆下有無限生命：桃李會「爭」春，花朵有著強烈情感。「丹楓醉倒秋山色」，不需多費筆墨，以「醉倒」兩字寫出山色之美，而醉倒的丹楓，更可視為馬氏豪放醉酒性情的人格化。「角聲寒玉梅驚謝」不但有聽覺效果，「驚」字更讓一向高掛枝頭，玉潔冰清的寒梅如常人般具情緒、有感覺。物象素材尚有動態感與動作表現——「梅花笑人休弄影」，一反梅花高潔之形象，使人感受煥然一新。最為成功的轉化當推〈新水令・題西湖〉「向人嬌杏花，撲人衣柳花，迎人笑桃花。」三個句子，連用轉化法，將各種花卉的千姿百態，都展現於讀者眼前。杏花的嬌媚、柳花隨風搖曳、桃花之綻放，接連三種擬人化意象，使植物不僅徒具形體，更具有生命，含帶情感，宛如新生。

（二）動物

動物相較植物與器物具有知覺、動作等機能，不過與人類相比，其「知覺」機能則較欠缺，較複雜的動作也並非全然懂得運用，但馬致遠描寫的動物幾乎已完全轉化成人，甚至還有情緒反應：

> 被啼鶯喚將春去，〈青哥兒・十二月・四月〉

「喚」表叫喊，為人類特有的動作。馬致遠喜用「喚」字將動物人格化。以二例相同不贅述。

> 山禽曉來窗外啼，喚起山翁睡〈清江引・野興〉
>
> 紗窗外驀然聞杜宇，一聲聲喚回春去。〈壽陽曲・失題〉

蝶慵戲，鶯倦啼〈壽陽曲・失題〉

「慵」與「倦」為人類疲憊時的反應，馬致遠以慵、倦兩字將動物擬人化。

鴛鴦不管傷心事，〈湘妃怨・和盧疏齋西湖三〉

「七情六欲」為人類獨具的生理反應，但馬致遠賦予動物此項人類所特有的情感，本例傷心即為一例，以下兩例亦同。

感春情來來往往蜂媒。動春意哀哀怨怨杜宇。亂春心喬喬怯怯鶯雛。〈一枝花・惜春〉

磁鷗喜激灩，〈喬牌兒——世途人易老〉

馬氏運用擬人手法將動物「人格化」，使動物具備人類特有的心機：「休笑巢鳩計拙」〈夜行船・秋思〉，表現班鳩個性愚笨，不會做窩，但卻懂得謀略，喜占鵲巢。馬致遠賦予動物人性表徵，尤以〈夜行船・秋思〉：「看密匝匝蟻排兵，亂紛紛蜂釀蜜，急攘攘蠅爭血」三句寫得更為入骨，透過蜂蟻與蒼蠅群集之天性，結合人性爭、亂本質，使散曲中的動物也如同人類般，容易陷於所執，不能自拔。

（三）器物

器物為用具總稱，與植物、動物相比，缺乏動感，更無生長特性。因為屬「物」，所以只能被「拿取」或被「使用」，但透過轉化技巧，器物在《東籬樂府》具情感、有動作，給讀者不同的感覺經驗，試述如下：

忽聽得江津戲蘭橈，船兒鬧。〈青哥兒・十二月・五月〉

「鬧」當動詞，代表爭吵，馬致遠透過「鬧」字使器物看似有動作，點出夏季江邊熱鬧的景象。

船去似馭雲行。〈賞花時・長江風送客〉

「馭」有控制之意，現實世界中器物受人駕馭，而沒有馭物能力，本例亦包含想像成分。

筆尖落紙生雲霧，掃出龍蛇驚四筵。〈喜春來・六藝〉

上句寫書法，連用了兩個轉化。「落」表動作，「生」表產出，都不是毛筆本身可有的動態感。

聽得那靜鞭響燋燋聒聒，〈一枝花・詠莊宗行樂〉

以「燋燋聒聒」描寫鞭炮聲響，將原本形容人的用語，用來寫器物。

聽得仗鼓鳴恰早喜喜歡歡，〈一枝花・詠莊宗行樂〉

用「喜喜歡歡」將仗鼓情緒化。

白衣盼殺東籬客，〈撥不斷・失題〉

「盼殺」表現強烈情感，此例寫出衣服對人的濃厚感情。

僧歸藜杖懶。〈集賢賓・金山寺〉

「懶」形容人做事不出力、不勤勉，作者卻以「懶」字點出器物被閒置的感覺。器物本無生命，呈現靜態景象。馬氏創造器物各種生命力：船兒會嘻鬧、馭雲前行，木杖也有慵懶之時，而白衣盼殺東籬客一句，將人類引領而望的強烈情感賦予衣著，以反常筆法吸引讀者目光，其中又以散套〈一枝花・詠莊宗行樂〉「聽得那靜鞭響燋燋聒聒」以及「聽得仗鼓鳴恰早喜喜歡歡」描寫生動，轉化技巧高妙。馬氏不但將鞭炮和仗鼓人格化，更結合摹寫技巧以燋燋聒聒模擬聲響[十七]，又將形容人的字語來寫物，將器物生命化、情感化。轉化用法尚不限於器物，就連實體之景，也有著生命的動感，「青山正補牆頭缺」〈夜行船・秋思〉，將聳立山峰人格化，拉近人與景的距離。

《東籬樂府》不論植物、動物、器具還是實景，在作者透過轉化手法後形成感官意象，擬物為人，因融合人情，故散曲有著情景相融之美。抽象原本為一種空泛的觀念，因本身不具形體，不能形成明顯的意象對比，在引導讀者進入切身實感的境域方面就有相對困難，所以欲達成經驗分享，多少會有遺失或障塞。賴瓊琦《設計的色彩心理——色彩的意象與色彩文化》提及：「人類藉以認識外界的工具，靠種種感覺器官。適當的刺激由對應的感覺受容器感覺後，在大腦各中樞形成視覺、聽覺、嗅覺、味覺、觸覺等不同知覺（Perception），藉此認知外界。」[十八]馬氏運用轉化手法，將無生命的植物、景象給與被感覺的空間，自然能夠化虛為實，使讀者藉由已知的感官經驗，領會作者

十七　按：依黃慶萱對摹寫的定義不僅為視覺印象，同時也包括聽覺、嗅覺、味覺、觸覺等感受。見同註八，頁五一。

十八　賴瓊琦：《設計的色彩心理——色彩的意象與色彩文化》，（臺北：視傳文化事業公司，民國九十年十一月），頁二十七。

的匠心獨運。

馬致遠活用典故、譬喻及轉化將《東籬樂府》形象具體化，形象之界定，相當於彭丹齡、張必隱《認知心理學》所提到的意象，他們以為：「意象是真實物體的類似物，對它的加工類似於對知覺真實物體的信息加工。」[十九]，因此《東籬樂府》的形象可能是實景，當然更可能源於作者透過舊經驗結合想像及移情作用所營造出來的境界：「意象可能通過對視覺系統中適當神經機制的選擇性激活，而提高對物體的知覺。換句話說，形成一個物體的意象可能啟動某些神經事件，它們相當於在看到物體那一瞬間所發生的神經事件，因而促進了知覺過程……。」[二十]經過多年研究，心理學者已經發現圖片相較單詞有認知優勢，乃因圖片容易產生意象，給與受測者的具體感度較高。無獨有偶，在詞語上也反應著具體效應：「馬爾夏克檢驗了在語境段落中對具體句和抽象句的回憶。結果發現，在沒有主題語境時，被試者對具體句的回憶成績優於抽象句……。」[二十一]姚一葦亦指出：「當我們審美時，我們的經驗所得出的某種標準，使吾人認為某物應該是什麼樣子。是故關於審美的客

[十九] 彭丹齡、張必隱合著：《認知心理學》，（臺北：東華書局股份有限公司，民國八十九年三月），頁二三四。

[二十] 同前註，頁二六一。

[二十一] 同註十九，頁二六八。

體的一個普遍統馭的意型（Idea）為美的判斷所必需。這就是為什麼許多人對任意的線條或含糊的語氣，在沒有了解其意思表示之前，不願判斷它是否為美。」[二十二]以上說明具體對於認知的重要性。

筆為心之舌，作家將欲傳達的主旨與思想，運用實例、實體說明，透過認知，自然較容易達到讀者的知覺層。馬致遠採用實象，更懂得運用文字創造感覺，以形成有感訊息，在直覺觀照下，將物我界域屏除，使內心與外物融為一體，所以儘管馬氏的轉化法多半不合邏輯，但因源於真實情感，故反常中帶有真實，悖理中卻包含深刻的移情。馬氏藉典故、譬喻以及轉化三法建立《東籬樂府》具體成象的大千世界，受曲家強烈主觀意興作用影響，景為我設，物為我役，再透轉化的代言作用抒寫作者心中逸氣，表現馬氏散曲美學特色，同時也為馬致遠散曲情境的營造增添色彩。

第二節　突顯焦點

以上我們探討形象具體與讀者感知的正向關係，然而人類所處世界外在環境具有太多刺激，這

[二十二] 姚一葦：《美的範疇論》，（臺北：臺灣開明書店，民國八十六年七月），頁三一四。

些刺激如果缺乏變化，易使讀者感覺貧乏，以心理學角度視之，就成為一種反覆的練習。《感官之旅》有同樣的論述：「我們的感官也渴望新奇，任何變化都會使它們警覺，讓他們送信號到腦中，如果沒有變化，沒有新鮮感，長久下來也會變得乏味，而退為背景。」[二十三]因此具體形象不能保證讀者必定對此意象有所感受，尤其當讀者必須面對大量作品之際，認知也會有疲倦之時。故突顯焦點的重要性不言可喻，透過此法可以強調主題、加深讀者印象，更能抓住讀者對作品的感覺，馬致遠將此手法表現於散曲字句反覆、重彩設色以及數量夸飾三方面：

一、字句反覆

駱小所以為：「就變異修辭語言來講，其形式美具有特殊的規定性，它所要求的是適應人的感官快感的形式，作用於人的器官，引起審美的感受。」[二十四]字句反覆正是創造形式美的要件，筆者以為《東籬樂府》運用頂真修辭、尾句重覆等技巧，表現字句反覆的美感。

[二十三] 黛安・艾克曼原著　莊安琪譯：《感官之旅》，（臺北：時報文化出版公司，民國八十九年八月），頁二八五。

[二十四] 駱小所：《語言美學論稿》，（昆明：雲南人民出版社，一九九六年十二月），頁六〇。

（一）頂真——字辭的重覆

頂真格利用上下句相同的詞語，形成字辭重覆，不但收強調之效，更能形成「中心觀念」，使上下文意識得以貫穿。黃慶萱以為：「美學上有所謂『統調』，是指在許多複雜的事物中，以一共通點，來統率全體。」[二十五]頂真字辭，在語句出現的次數至少有一次以上，故可刺激讀者閱讀頻率，形成作品「字眼」，如同構圖焦點，收引人注目之效。茲舉例如下：

弄玉吹簫送蕭郎。送蕭郎共上青霄上〈四塊玉・鳳凰坡〉

本句以「送蕭郎」形成頂真，點出作者欲成仙遠去。

漫讀書，讀書須索題橋柱。題柱雖乘駟馬車，乘車誰買長門賦〈撥不斷・失題〉

此例以「讀書」及「題柱」形成兩次頂真，此曲也因頂真連用，具有強烈節奏感。

二十五　同註八，頁五〇〇。

動不動早言兩罷。罷字而磣可可你道是耍，〈壽陽曲・失題〉

本例以「罷」字寫出女子對男子提出分手的怨嘆。下例相同。

不信道為伊曾害，害時節有誰曾見來，〈壽陽曲・失題〉

本待學煮海張生，生扭做游春杜甫。〈一枝花・惜春〉

以「生」字形成頂真，寫出自己本來像多情的張生欲追求愛情，但卻如杜甫那樣惜春起來，從張生到杜甫巧妙寫出作者的改變。

唱道俺氣般看他，他心肝般看俺。〈夜行船——不合青樓〉

本例以「他」字形成頂真，表達兩人情感濃厚。

頂真修辭，多為該語句重心所在，〈四塊玉・鳳凰坡〉以送蕭郎三字形成頂真，用以強調弄玉、蕭史兩人成仙遠去的事實。〈撥不斷・失題〉，以讀書——題柱加上兩次乘車形成快速節奏，強調追求功名的辛苦，但於小令句尾，馬致遠則以「且看了長安回去」作結，又彰顯作者強烈否定功名。使用頂真，可讓讀者輕易了解作者陳述的重點，強調作品節奏感，將整首散曲的思慮統整，給與讀者新的印象。

（二）尾句重覆

筆者於第四章探討馬氏構篇特點時，曾提及馬致遠一些作品表現了結尾的一致性，這些創作計二十首，全為小令，數量之多，為其他曲家少有。然尾句重覆並非肇始於馬致遠，早在《詩經》就有是項藝術表現。周滿江以為：「《詩》在章法上最顯著的特點是複沓的聯章形式，即每章字句基本相同，只換少數詞語，反覆詠歌。」[二十六]《詩經》諸多篇章，亦有尾句重覆之例[二十七]，如：〈周南・騶虞〉、〈邶風・北門〉、〈邶風・北風〉、〈魏風・園有桃〉、〈秦風・黃鳥〉、〈秦風・權輿〉以及〈魯頌・有駜〉等。茲舉〈北風〉、〈園有桃〉、〈權輿〉三首：

[二十六] 周滿江：《詩經》，（臺北：國文天地雜誌社發行，民國七十九年十月），頁一三〇。

[二十七] 按：因限於篇幅，無法一一舉例，未舉全文者僅附作品尾句，以供參考。「于嗟乎騶虞！」〈周南・騶虞〉。「已焉哉！天實為之，謂之何哉？」〈邶風・北門〉。「人百其身！」〈秦風・黃鳥〉。「于胥樂兮。」〈魯頌・有駜〉。見《十三經注疏・毛詩》，（臺北：藝文印書館，民國四十四年四月），頁三十五—七六七。

北風其涼，雨雪其雱。惠而好我，攜手同行。其虛其邪，既亟只且。
北風其喈，雨雪其霏。惠而好我，攜手同歸。其虛其邪，既亟只且。
北風匪狐，莫黑匪烏。惠而好我，攜手同車。其虛其邪，既亟只且。〈邶風・北風〉

園有桃，其實之殽。心之憂矣，我歌且謠。不知我者，謂我士也驕！
彼人是哉，子曰何其？心之憂矣，其誰知之？其誰知之，蓋亦勿思！
園有棘，其實之食。心之憂矣，聊以行國。不知我者，謂我士罔極！
彼人是哉，子曰何其？心之憂矣，其誰知之？其誰知之，蓋亦勿思！〈魏風・園有桃〉

於我乎，夏屋渠渠，今也每食無餘。于嗟乎，不承權輿。
於我乎，每食四簋，今也每食不飽。于嗟乎，不承權輿。〈秦風・權輿〉

由上可明馬致遠小令複沓章法，實淵源於《詩經》，同時作者不僅傳承尾句重覆的藝術形式，更開創多種修辭結合以配合吟詠，強化傳達效果。筆者探討尾句重覆結合頂真、回文修辭，將另舉實例說明。

《東籬樂府》透過尾句重覆，置作品主題於句尾，不但耐人尋味，更具有新鮮感。尾句重覆共有三例：〈四塊玉・恬退〉「歸去來」、〈四塊玉・嘆世〉「倒大來閒快活」以及〈清江引・野興〉「則不如尋取個穩便處閒坐地」。試列舉於下：

1. 歸去來

綠鬢衰，朱顏改。羞把塵容畫麟臺，故國風景依然在。三頃田，五畝宅，歸去來。〈四塊玉・恬退一〉

綠水邊，青山側。二頃良田一區宅，閒身跳出紅塵外。紫蟹肥，黃菊開，歸去來。〈四塊玉・恬退二〉

翠竹邊，青松側。竹影松聲兩茅齋，太平幸得閒身在。三徑修，五柳栽，歸去來。〈四塊玉・恬退三〉

酒旋沽，魚新買，滿眼雲山畫圖開，清風明月還詩債。本是個懶散人，又無甚經濟才，歸去來。〈四塊玉・恬退四〉

2. 倒大來閒快活

兩鬢皤，中年過；圖甚區區苦張羅，人間寵辱都參破。種春風二頃田，遠紅塵千丈波，倒大來閒快活。〈四塊玉・嘆世一〉

白玉堆，黃金垛；一日無常果如何，良辰媚景休空過，琉璃鍾琥珀濃，細腰舞皓齒歌，倒大來閒快活。〈四塊玉・嘆世六〉

風內燈，石中火；從結靈胎便南柯，福田休種兒孫禍，結三生清淨緣，住一區安樂窩，倒大來閒快活。〈四塊玉・嘆世七〉

月滿輪，花成朵；信馬攜僕到鳴珂，選一間岩嵌房兒坐。滿斟著金曲卮，低謳著白雪歌，倒大來閒快活。〈四塊玉・嘆世八〉

甑有塵，門無鎖；人海從教斗張羅，共詩朋閒訪相酬和。盡場兒吃悶酒，即席間發淡科，倒

大來閒快活。〈四塊玉・嘆世九〉

3.則不如尋取個穩便處閒坐地

樵夫覺來山月低，釣叟來尋覓。你把柴斧拋，我把魚船棄，尋取個穩便處閒坐地。〈清江引・野興一〉

綠蓑衣紫羅袍誰是主，兩件兒都無濟。便作釣魚人，也在風波裏，則不如尋個穩便處閒坐地。〈清江引・野興二〉

山禽曉來窗外啼，喚起山翁睡。恰道不如歸，又叫行不得，則不如尋個穩便處閒坐地。〈清江引・野興三〉

天之美祿誰不喜，偏則說劉伶醉。畢卓縛甕邊，李白沉江底，則不如尋個穩便處閒坐地。〈清江引・野興四〉

楚霸王火燒了秦宮室，蓋世英雄氣。陰陵迷路時，船渡烏江際，則不如尋個穩便處閒坐地。〈清江引・野興五〉

〈四塊玉・恬退〉作者表達否定功名，強調回返自然懷抱，故四首小令以「歸去來」作結，而〈四塊玉・嘆世〉、〈清江引・野興〉亦表現相同思想，且因重覆詞語在結尾，形成肯定語氣，更有餘音繞樑的作用，在讀者心中盤旋不去。筆者以為若將四首尾句相同的小令結合，視為一組，則反覆部分，正是前、後小令的銜接，使整組作品更為前呼後應。

（三）尾句重覆結合頂真、回文修辭

《東籬樂府》〈慶東原・嘆世〉共計六首，均以「不如醉還醒，醒而醉」作結，整句視之為末句重覆，但句中則又包含有頂真修辭，故具頂真與尾句重覆特點，更添回文之妙：

拔山力，舉鼎威，喑嗚叱咤千人廢。陰陵道北，烏江岸西，休了衣錦東歸。不如醉還醒，醒而醉。〈慶東原・嘆世一〉

明月閒旌旆，秋風助鼓鼙，帳前滴盡英雄淚。楚歌四起，烏騅漫嘶，虞美人兮。不如醉還醒，醒而醉。〈慶東原・嘆世二〉

三顧茅廬問，高才天下知，笑當時諸葛成何計。出師未回，長星墜地，蜀國空悲。不如醉還

醒，醒而醉。〈慶東原・嘆世三〉

夸才智，曹孟德，分香賣履純狐媚。奸雄那裏平生落的，只兩字征西。不如醉還醒，醒而醉。〈慶東原・嘆世四〉

畫籌計，墮淚碑，兩賢才德誰相配。一個力扶漢基，一個恢張晉室，可惜都壽與心違。不如醉還醒，醒而醉。〈慶東原・嘆世五〉

珊瑚樹，高數尺，珍奇合在誰家內，便認做我的。豈不知財多害己，直到東市方知。則不如醉還醒，醒而醉。〈慶東原・嘆世六〉

這組小令結合三項藝術表現，不但有尾句重復，而句中更以頂真形成頻率刺激，再以醉還醒，醒而醉六字造成回文效果，黃慶萱論及回文修辭曾提及：「回文與圓形頗有相似之處」又指出：「就美學觀點而論，圓形被認為具有純粹簡單之美，以及連續不斷之妙。」[二十八]筆者以為連續不斷正是用以形成焦點，引起注意的最佳手法，起句寫醉還醒，接續寫醒而醉，節奏感快速，明寫醒，實寫醉，

二十八　同註八，頁五一五、五一六。

再加上尾句重覆強化，使六首小令充滿深刻的宿命論調，歷史人物也不能逃脫宿命，況作者為一介平民，又怎能對抗命運？此組小令結合三種藝術表現，使作品韻味無限。

研討《東籬樂府》字句反覆可了解馬致遠運用頂真、回文重覆等特點為作品主題做宣傳，其字句反覆雖有三項技巧，但彰顯焦點之用意則相同，足見其創作的別出心裁。

二、重彩設色

馬致遠作品，多以重彩突顯焦點。馮笪〈試探唐宋詩詞有關顏色的描繪〉以為：「詩中之『畫』，大體包含了兩方面的內容，一個是形體，二是顏色。……詩人通常把『形』和『色』統一於一體。」[二十九]因色彩為認知的初步，故和形體關係密不可分。文字作品呈現平面媒體特色，不如電腦、電視具有影、音等雙重效果，因此歐秀明以為：「平面媒體，沒有音效，只能藉形與色來強化廣告效果。因此色彩的印象被強化，造成刺激醒目的色彩效果。」[三十]瞿鈞認為：「馬致遠散曲之所以『富有畫

二十九 馮笪，〈試探唐宋詩詞有關顏色的描繪〉，（天津《南開學報》，一九八八年一月，第一期），頁七十六。

三十 歐秀明：《應用色彩學》，（臺北：雄獅圖書公司，民國八十三年八月），頁一二九。

意』的原因，與馬致遠在作品中特別注重敷彩設色有關。」[三十一]筆者統計馬氏使用的色彩，除紅、橙、黃、綠、藍、紫等六個基礎色相外，金、銀兩色及屬無彩色之黑、白兩色也有使用。以下將依馬致遠設色特點分為單色重彩、對比色強烈以及同色系和諧三部分加以說明，最後則分析馬致遠作品設色喜用重彩之原因。

（一）單色重彩

《東籬樂府》各項顏色詞，以單色色彩使用統計，馬氏喜用「彩度」較高的色澤。所謂彩度係以色彩鮮豔與否為判斷標準[三十二]。彩度較高，自然會產生較為豔麗的視覺效果。關於《東籬樂府》各色使用次數如下：紅色十六次、橙色一次、黃色九次、綠色七次、青色十六次、藍色二次、紫色五次、金色十七次、銀色五次。無色彩的黑色僅有一次且與青色形成對比，白色則與多色配合，以

三十一　按：上述概念見註十三，頁二十二。

三十二　按：賴瓊琦《設計的色彩心理——色彩的意象與色彩文化》對彩度的解釋，筆者以為最為簡單明瞭，賴氏指出：「鮮不鮮豔的程度叫彩度」，見同註九十二，頁七六。

色相對比呈現，次數計十次。紅、青、金等鮮豔色澤使用高達十多次，使作者描寫的形與物都得到突顯，試將含有紅、青、金彩度較高的散曲語句羅列於下：

1. 紅色

閒身跳出紅塵外。〈四塊玉・恬退〉

遠紅塵千丈波，〈四塊玉・嘆世〉

再竄紅幾時得熱。〈壽陽曲・失題十五〉

落紅滿階愁似海，〈壽陽曲・失題十八〉

水飄著紅葉兒：〈湘妃怨・和盧疏齋西湖三〉

紅妝前後。〈行香子——無也閒愁〉

紅日未高。〈喬牌兒——世途人易老〉

眼前紅日又西斜，疾似下坡車〈夜行船・秋思〉

似曉露紅蓮香，〈夜行船——天地之間〉

向椒紅壁上題詩，〈集賢賓——金山寺〉

噴火榴花紅如茜，〈水仙子——暑光催〉

望楓宸八拜丹墀內。〈粉蝶兒——寰海清夷〉[三十三]

霜落在丹楓上，〈湘妃怨・和盧疏齋西湖三〉

幾點林櫻似丹砂。〈新水令・題西湖〉

能得朱顏，〈行香子——無也閒愁〉[三十四]

[三十三] 按：「丹」為紅色，當名詞使用時代表朱砂，下三例相同。同註十三，頁一〇五。

[三十四] 按：「朱」為正紅色，為古代的五色之一，下例相同。同註十三，頁一三七。

向東風不倚朱扉，〈集賢賓・思情〉

2. 青色

煮酒青梅盡醉渠。〈青哥兒・十二月・四月〉

送蕭郎共上青霄上，〈四塊玉・鳳凰坡〉

秋扇歌，青樓飲。〈四塊玉・海神廟〉

翠竹邊，青松側。〈四塊玉・恬退三〉

惟有西山萬古青。〈撥不斷・失題八〉

問青奴，〈小桃紅・四公子宅賦・夏〉

百泉通一道青溪；〈哨遍——半世逢場作戲〉

青門幸有栽瓜地，〈哨遍——半世逢場作戲〉

將青青嫩草頻頻的喂，〈耍孩兒・借馬〉

招颭青旗掛。〈新水令・題西湖〉

青玉罣，〈新水令・題西湖〉

青雲與盡王子猷，〈行香子——無也閒愁〉

不合青樓酒半酣，〈夜行船——不合青樓〉

濕透青苔。〈集賢賓・思情〉

人更在青山外。〈集賢賓・思情〉

青苔砌上觀銀漢。〈小桃紅・四公子宅賦・秋〉

3. 金色

梧桐初彫金井，〈青哥兒・十二月・七月〉

黃金垛；〈四塊玉・嘆世六〉

倒不如風雪銷金帳，〈撥不斷・失題五〉

金蓮肯分迭半折，〈壽陽曲・失題十二〉

金卮滿勸莫推辭，〈湘妃怨・和盧疏齋西湖三〉

鸕鷀在金籠。〈小桃紅・四公子宅賦・春〉

慢撒金蓮鳴玉珂，〈賞花時・掬水月在手〉

香噴金猊，〈粉蝶兒——寰海清夷〉

穩坐盤龍亢金椅。〈粉蝶兒——寰海清夷〉

踏金頂蓮花爨。〈一枝花・詠莊宗行樂〉

貫金線細沿件。〈一枝花・詠莊宗行樂〉

鎮平康冠金斗，〈青杏子・姻緣〉

可上金石，〈哨遍・張玉岩草書〉

便有鈔堆金窯，〈喬牌兒——世途人易老〉

快與到金壺。〈夜行船——天地之間〉

若朝金殿，〈女冠子——枉了閒愁〉

袖有黃金，〈夜行船——天地之間〉

上列散曲若將顏色字去除，如「水飄著紅葉兒」寫為「水飄著葉兒」或是「惟有西山萬古青」改以「惟有西山萬古」，還是「梧桐初彫金井」變成「梧桐初彫井」，句意不變，但原本視覺強化效果則消失無蹤。因為色彩會形成共感覺，使得任一感覺系統受到刺激後，立即引起該系統的直接反應之外，尚會引發直屬系統外（第一次感覺），一連串其他感覺系統（第二次感覺）的共鳴現象[三十五]。如

三十五　林書堯：《色彩學》，（臺北：三民書局，民國七十二年八月），頁一四六。

同看到青梅兩字，不但會有青色的視覺感受，更因為青梅色澤間接引起味覺刺激，「望梅止渴」一詞，實與視覺有密切關係。文學以形成美的欣賞為目標，此又與美感經驗密不可分，而美感經驗則又取決於是否能引起欣賞者共鳴。事物之具體化及突顯性，如同橋樑，溝通作者與讀者的認知。林書堯以為：「高彩度會使人產生鮮豔、刺激、新鮮、活潑、積極性、熱鬧、有力量等基本感受的反應。」[三十六]馬致遠多處單色重彩，不但使形象特色化，更能運用重彩「刺激」讀者視覺感官，突顯所欲描寫的景物。瞿鈞評論馬致遠時也指出：「《東籬樂府》曲中畫色彩的一個重要特色就是直接使用重彩。……處處濃筆重彩，給讀者以強烈的色彩美的感覺。在詩、詞、曲中用色，除了直接像繪畫那樣鋪彩設色外，一個重要的手段就是以物代色……。色彩更形象、更具體、更能引起人們的審美聯想，達到不似畫境，勝似畫境的藝術效果。」[三十七]重彩對於單一事物的表達有強化作用，配合色彩，讀者視覺得以被喚起，形成更深層的聯想。

[三十六] 同前註，頁一五三。
[三十七] 同註十三，頁二十三。

（二）對比色強烈

自然界的事物常以對比方式存在，如：春天萬物萌生與冬天蕭條冷落；白日擾攘喧囂與黑夜萬籟俱寂。人類生活在對比的環境中，地球也在黑夜與白天不斷輪替與四季轉變中，年復一年。對比實為人類認識自身與外界的第一步，色彩對比的使用，道理亦然。馬致遠運用強烈的對比色，使其作品色彩繽紛、具變化感。試將歸結出的三種補色對比以及六類色相對比說明如下：

1. 補色對比

歐秀明以為：「將互補的色彩，如紅與綠、黃與紫等，並排在一起比較，會感到特別鮮明豔麗，……補色對比的色彩，可以感覺到色彩配合極為強烈鮮豔。相對立的顏色，其性質相反，又彼此互為需要，才能滿足，發揮高度的美感。」[三十八]冉欲達也以為：「中國古典詩歌，特別注意選擇色彩來描繪景物，使詩歌具有一種色彩的美，增強了詩歌的形象性與感染力。最常見的是紅、綠兩色，由於這兩種顏色互為補色，對比鮮明，在詩句中對稱出現，彷彿使景物增添了一層光亮。」

[三十八] 同註三十，頁四十八。

[39] 補色對比分別為紅、綠兩色、紅、藍兩色、橙色與深藍色、黃色與深藍色、黃、紫兩色以及青綠色與紫紅色等六種[40]，筆者以上述六補色檢驗《東籬樂府》對比色使用，得出馬氏多數設色語句具備補色對比條件，茲列於下：

(1) 紅色與綠色

紅塵不向門前惹，綠樹偏宜屋角遮，〈夜行船・秋思〉

紅雪飄香翠霧迷。〈青哥兒・十二月・三月〉

紅葉青山。〈天淨沙・秋思（二）〉[41]

綠鬢衰，朱顏改〈四塊玉・恬退一〉

三十九 冉欲達：〈景物描寫的三元素——形、色、聲〉，（瀋陽《遼寧大學學報》，一九八五年一月，第一期），頁七十七。

四十 按：筆者參照歐秀明《應用色彩學》頁四十八所附圖八十歸納整理。同註三十，頁四十八。

四十一 按：本句原為「黃雲紅葉青山」，為配合主題，僅選列「紅葉青山」。同註十三，頁九七。

休直到綠愁紅慘。〈夜行船・一片花飛〉

齊臻臻珠圍翠繞，冷清清綠暗紅疏，〈一枝花・惜春〉[四十二]

(2) 綠色與紫色

綠蓑衣紫羅袍誰是主，〈清江引・野興〉

(3) 黃色與紫色

和露摘黃花，帶霜分紫蟹，〈夜行船・秋思〉[四十三]

四十二 按：此句瞿鈞《東籬樂府全集》未有珠字，筆者考量曲牌格式，參考隋樹森《全元散曲》與鄧長風點校之《東籬樂府》，疑瞿鈞漏此字，故補珠字。見隋樹森：《全元散曲》，（北京：中華書局，二〇〇〇年九月），頁二五六；鄧長風點校：《東籬樂府》，（上海：上海古籍出版社，未註出版年月），頁二十九；同註十三，頁一〇八。

四十三 按：除黃紫兩色之補色對比外，此小令系連用三個色彩詞，原句為「和露摘黃花，帶霜分紫蟹，煮酒燒紅葉」，因「煮酒燒紅葉」與筆者主題有別，故省略。但由上列語句觀之，筆者以為更能了解馬氏設色特點乃處處著色、多用重彩，作者欲突顯焦點心意不言可喻。見同註十三，頁一四四。

馬致遠在補色對比上偏好將紅、綠兩色相配，藉強烈色彩差異，以顯明事物。其他補色對比所占數量不多，但大量紅、綠對比的使用，可知馬致遠善用補色對比，使作品因對比設色而更受強調。

2.色相對比

當各種純色相互比較，某一色由於受另一色影響，看起來已產生色相偏移，稱為色相對比[四十四]。《東籬樂府》大多的色相對比由白色和純色產生，黑色與他色相配僅有一例。據筆者統計，《東籬樂府》以紅、白兩色相配情形最多，其次為青、綠兩色與白色之搭配，也見金、白兩色，試述如下：

紅日如奔過隙駒，白頭漸滿楊花雪，〈撥不斷・失題四〉

紅塵中騾、白身裏跳。〈喬牌兒——世途人易老〉

丹楓醉倒秋山色，黃菊雕殘戲馬臺。白衣盼殺東籬客，〈撥不斷・失題十〉[四十五]

四十四　同註三十，頁四十五。

四十五　按：本例「丹楓醉倒秋山色，黃菊雕殘戲馬臺。白衣盼殺東籬客」因中間尚夾「黃菊雕殘戲馬臺」一句，故等於連用兩次色相對比，其一為紅與白，其二則為黃與白，給與讀者更豐富的色彩印象。同註十三，頁七五。

青紗帳，白象床〈壽陽曲・失題十九〉

裴公綠野堂，陶令白蓮社〈夜行船・秋思〉

淺斟著金曲卮，低謳著白雪歌〈四塊玉・嘆世八〉

青草畔有收酪牛，黑河邊有扇尾羊〈四塊玉・紫芝路〉

由上述實例，可見馬氏欲以彩度高的色系搭配無色彩色調（黑、白兩色），形成強調與對照，突顯色彩部分，白色與他色形成的色相對比最多，這也代表馬致遠喜用白色襯托其他色彩，使主題更為顯著。

（三）同色系和諧

馬致遠除著重對比色使用，尚注意同色系的搭配，喜以綠、青、碧等綠色系形成同色調和的美感，使層次得以分明、清楚：

對榻青山，繞門綠水。〈哨遍——半世逢場作戲〉

碧紗人歇翠紈閒，〈小桃紅・四公子宅賦・秋〉
獨對青娥翠畫屏。〈青哥兒・十二月・七月〉
綠水邊，青山側〈四塊玉・恬退二〉
翠竹邊，青松側〈四塊玉・恬退三〉
綠水青山任自然，〈撥不斷・失題一〉

同色調和傳達和諧的景象，以綠色搭配自然景色，除顯現自然風物的平和外，所描繪之景亦染上綠的意象。賴瓊琦指出：「清爽、年輕是綠色的特徵。」也提及：「綠色是生長、安全的顏色。」[四十六]邱意珍認為：「綠色具有新鮮與廣泛的感覺，且為自然中重要的色彩之一。」[四十七]馬致遠運用綠色融合自然，帶給讀者重彩、對比色刺激外，另一種平和的感通，具有和諧之美。姚一葦曾提及：「(和

[四十六] 同註十八，頁一七八。
[四十七] 同註二，頁三八。

諧）具有匀稱、平衡、統一、封閉的性質，構成『形式的和諧』，足以在吾人的心理上造成快感，屬於吾人所謂的美的基準。」[四十八]和諧所表現的整體秩序性，雖然沒有對比色鮮豔奪目，但同色調和，反而有平靜之美，化自然於顏色中，物我合一，其藝術表現可說更勝對比色一籌。

（四）馬致遠設色喜用重彩之原因

筆者從色彩學的角度研究馬致遠《東籬樂府》設色表現，馬氏喜用重彩與獨到的配色風格和市井雜劇興盛與元代畫作影響以及其個人特質應有密切關係，以下將依此三項推論分析：

1. 市井雜劇興盛

元代雜劇興盛，演出時之布景及行頭對馬氏作品用色應具有相當影響，孟元老《東京夢華錄》卷七「駕登寶津樓諸君呈百戲」條中所妝扮的種種鬼神，本身就已有強列的色彩感：

[四十八] 同註二十二，頁三六七。

有假面披髮，口吐狼牙、煙火，如鬼神狀者上場，著青帖金花短後之衣，帖金皂袴，跣足，攜大銅鑼，隨身步舞而進退，謂之「抱鑼」。……有面塗青碌（綠），戴面具金睛，飾以豹皮錦繡看帶之類，謂之「硬鬼」；或執刀斧，或執杵棒之類，作腳步蘸立，為驅捉視聽之狀。又爆仗一聲，有假面長髯，展裹綠袍鞾簡，如鍾馗像者，傍一人以小鑼相招和舞步，謂之「舞判」。[四十九]

孟氏之語乃宋代百戲的妝扮，形相鮮明，色彩豐富，於此我們不難推測至元代劇曲大興，雜劇妝扮在用色方面應更有進展。山西洪洞縣廣勝寺，今存元代戲曲壁畫，運用多樣色彩構圖，至今豔度不減，足見元雜劇搬演時亦講究重彩用色，以下筆者以雜劇行頭以及元朝人員及鬼怪臉譜之用色加以說明。

[四十九] 按：文中碌字，鄧之誠認為應作綠，故以括弧表現於後。見鄧之誠：《東京夢華錄注》，（臺北：世界書局，民國八十八年九月），頁二九六。

(1) 行頭

行頭為從事表演藝術者演出之用具，舉凡衣、盔、靴鞋、口面（鬚、髮）、切末、把子諸物，通稱「行頭」[五十]。戲曲以吸引觀眾為目的，因此，這些「行頭」多半採用重彩，且不同身分的代表用色亦不同。齊如山以為：

> 國劇中的帝王，不但唐宗、宋祖，穿戴一般，甚至胡元、滿清，也無二致。所以然者，乃是因為國劇是以『歌、舞』——也就是演技為中心，凡是服裝、道具，都為演技而設。語言歌唱化，即非真實的語言；動作舞蹈化，即非真實的動作。準此，國劇的一切，都是『非寫實』的。既非寫實，自然就不必——也不能——在服裝上顯示那個朝代了。[五十一]

齊氏之語甚有道理，既然戲劇呈現一個想像的世界，自然會有諸多的不合常理，臉譜用色夸張即是一例[五十二]。

[五十] 齊如山：《國劇圖譜》，（臺北：幼獅文化事業公司，民國八十三年四月），頁四十六。

[五十一] 同前註，頁四十六。

[五十二] 按：關於行頭的用色，因種類繁多，可見齊氏著作，茲不贅。同註五十，頁四十七——六十二。

(2) 元朝臉譜用色

據齊如山《國劇圖譜》元朝人員及鬼怪臉譜十八例，筆者歸納用色情形，以數量多寡統計於後[五十三]：

元朝人員及鬼怪臉譜十八例設色統計表

區分＼色彩	黑	紅	黃	藍	土	綠	灰
人員	九次	六次	無	二次	三次	無	無
鬼神	九次	九次	四次	二次	無	二次	二次

由上可明，國劇臉譜用彩之豐，事實上國劇臉譜的用色各有含義，如：紅色象徵忠義有血性，綠色則多用於妖魔鬼怪。馬致遠既創作劇本，自然有參與排演之必要，故其設色之豐，應與市井雜劇興盛有一定程度之關連。

五十三 按：由於一張臉譜，其上所繪之色彩不限於一種，故統計之數量，並不等於圖譜數。同註五十，頁八十四——八十七。

遠古時期，文字尚未發明，先民就懂得以繪畫記事，山水、雲彩等自然風物，成為被取材的對象，此乃繪畫之肇，而後隨歷代畫家努力以及外來文化薰陶，山水畫於焉產生，至唐代分為二路，一為李思訓、李昭道父子之金碧山水，講究富麗堂皇的色彩；另一則為王維的水墨淡彩，追求深遠含蓄之意境。後世簡以北宗與南宗相稱，而我國繪畫也因南、北兩宗的相互激盪下，在以後各朝分別有傑出表現。

2.元代畫作影響

承名世以為：「這兩種風格，到了宋代，又成為院體畫和文人畫的特徵而並存，經過元代畫家的發展，一直影響到明清兩朝。」[五十四]其中元代可說是北宗過度到南宗的時期，徐琛以為：「元代山水畫家著重吸收傳統繪畫技法，他們遠追唐、宋，各有不同的師承與傳統淵源，故產生了不同的風格。元代山水畫家將唐宋以來的青綠山水發展為水墨山水，這是山水畫發展提高的一個重要表現。」[五十五]徐氏有系統的指出元代繪畫之演變，他亦提及：「元初山水畫，以趙孟頫為中心，……其中趙孟

[五十四] 按：承文收於傅抱石：《中國繪畫變遷史綱》，（上海：上海古籍出版社，一九九八年十二月），頁六。

[五十五] 徐琛等著：《中國繪畫史》，（北京：文化藝術出版社，一九九八年一月），頁八十六。

頫、錢選受唐代二李及南宋二趙的影響，精於青綠山水，但是趙、錢也擅水墨畫法。」[五十六]徐氏所言甚是，趙孟頫繪畫用色鮮豔，敷以重彩，作品感染力極高，據筆者統計趙氏採用單色重彩的名作為《甕牖圖》、《九歌圖》、《茅亭松籟》，而運用對比色的畫作亦十分出色，《浴馬圖》今藏於故宮，其中有紅、綠補色對比以及紅、白兩色之色相對比。在人物畫部分《紅衣羅漢像》又以紅（羅漢身穿之衣）、綠（羅漢端坐於旁的樹），形成強烈的補色對比，用色技巧高超，另人嘆為觀止。而《謝幼輿丘壑圖》與《松蔭會琴圖》則傳達同色系和諧的美感，尤以《謝幼輿丘壑圖》，以深度不一的綠色敷彩，給與欣賞者綠意盎然之感[五十七]。錢選的《蘭亭觀鵝圖》運用重彩，在遠山與近石上均使用藍色，配以青色背景，有強調效果[五十八]。而劉貫道《元世祖出獵圖》在元世祖本人的構圖上採紅、白相間的色相對比，圖中色目人與弓箭手部分，則以紅、綠形成強烈的補色對比[五十九]。元代後期南

[五十六] 同前註，頁八十六。

[五十七] 按：上列畫作今分存於世界各地，尋訪不易，所幸何恭上《元朝名畫精華》將之彙集成冊，筆者探索元人畫作用色，均參考該書附圖。見何恭上：《元朝名畫精華》，（臺北：藝術圖書公司，民國八十五年十一月），頁一一八——一三五。

[五十八] 同前註，頁一四〇——一四一。

[五十九] 同註五十七，頁一九六——二〇一。

宗淡彩成為主流，不過前期亦有畫家運用北宗重彩，且這些畫家的生卒年代與馬致遠大致相當，如：趙孟頫（一二五四至一三二二）、錢選（一二三九至一三〇一）、劉貫道（一二五八至一三三六）[六十]，雖然史上並未載錄馬氏與這些畫家的來往，但當時趙、錢、劉三人的知名度，應不算低，故其畫作可能影響馬氏作品色彩使用。以趙孟頫畫作為例，其用色技巧與幾近與馬致遠完全相同，常用的紅、綠與紅、白對比色，更是馬氏散曲對比之常用色，且趙氏部分作品亦掌握同色系和諧的傳達技巧。故這些畫家之敷彩習慣，應對馬氏用色有一定的影響。

3. 曲家各人特質

以上我們探討雜劇興盛與元代前期畫作對馬氏用色之影響，而筆者以為一些特別色調的搭配，可能與曲家本身有關[六十一]，經分別統計四大家散曲以及針對四大家雜劇之代表作：馬致遠《破幽夢

六十　同註五十五，頁八十六、八十七與九十七。

六十一　按：據筆者統計，各曲家用色時會運用雙色詞強調視覺效果，如：對比色的表現——「綠暗紅疏」、「黃柑紫蟹」等，筆者均視為作者用色之特殊技巧，歸於雙色詞。雙色詞的使用，應為作家本身特質，和參與雜劇創作關係較小。且因各家散曲數目不一，為避免造成主觀認定，筆者於表後均附上作者創作之作品數，並對四大家著名雜劇各舉一

孤雁漢宮秋》、關漢卿《感天動地竇娥冤》、白樸《裴少俊牆頭馬上》以及鄭光祖《迷青瑣倩女離魂》色彩詞使用，具有下列特色，茲列表比較於後：

元曲四大家用色比較表

曲家	馬致遠		關漢卿		白樸		鄭光祖	
用色／體製	散曲	雜劇《漢宮秋》	散曲	雜劇《竇娥冤》	散曲	雜劇《牆頭馬上》	散曲	雜劇《倩女離魂》
紅	十六次	五次	十三次	一次	十次	七次	三次	四次
青	十六次	六次	四次	二次	四次	五次	一次	五次
翠	六次	三次	十二次	無	三次	四次	一次	五次
綠	七次	一次	五次	無	二次	無	一次	一次
金	十七次	三次	二十三次	一次	七次	三次	三次	一次

例，分別採討作者對該雜劇色彩詞的運用，以間接證明用色特殊性與作者個人有關。至於各家雙色詞統計因馬氏用色已於前有詳盡說明，故僅統計關、白、鄭三家。

曲家	馬致遠		關漢卿		白樸		鄭光祖	
用色／體製	散曲	雜劇《漢宮秋》	散曲	雜劇《竇娥冤》	散曲	雜劇《牆頭馬上》	散曲	雜劇《倩女離魂》
黃	九次	一次	九次	無	二次	一次	二次	四次
紫	五次	三次	二次	無	無	無	無	一次
白	十五次	五次	二次	無	五次	無	一次	二次
黑	一次	二次	一次	無	一次	三次	無	三次
銀	五次	五次	十次	無	四次	五次	二次	無
橙	一次	無	一次	無	無	無	無	無
藍	二次	無	三次	無	無	無	無	無
合計	一百次	三十四次	八十五次	四次	三十八次	二十八次	十四次	二十六次
單色使用顏色種類	十二色	十色	十二色	三色	九色	五色	八色	三色
雙色詞使用	二十次	二次	六次	一次	四次	二次	一次	二次

曲家	馬致遠		關漢卿		白樸		鄭光祖	
用色／體製	散曲	雜劇《漢宮秋》	散曲	雜劇《竇娥冤》	散曲	雜劇《牆頭馬上》	散曲	雜劇《倩女離魂》
曲家作品數	小令一一七 散套二十二 殘套五 計一四四首	略	小令五十七 散套十三 殘套二 計七十二首	略	小令三十七 散套四 計四十一首	略	小令六 散套二 計八首	略
用色比率(%)	六九點四四	略	一百一十八	略	九十二點六八		一百七十五	略

由上表可知，元曲四大家在散曲單彩使用方面，馬致遠、關漢卿以金色為最多，白樸、鄭光祖則為紅色，筆者統計四大家散曲單彩使用次數，馬致遠雖高達一百次，但用色比率只有百分之六九點四四。而以單彩使用顏色種類統計，不論散曲或單一雜劇均為第一位，代表馬氏確實在設色方面偏向多彩，此為馬氏個人獨有之特質。然而若歸納雙色詞之使用，馬致遠又是超群絕倫的，筆者所選四齣雜劇，四家均有雙色詞，馬致遠以黃、紫相配形成補色對比，關漢卿則以黃、白相間，而白樸與鄭光祖則用了紅、綠對比色，不過因次數不多，僅能了解馬致遠的用色比較獨特與鮮明，但從關、白、鄭散曲雙色詞統計，則又見色彩繽紛的一面，試見下表：

關漢卿、白樸、鄭光祖散曲雙色詞統計表

曲家＼配色	紅綠	紅黃	紅銀	青綠	翠金	黃金	黑金	黃白	合計
關漢卿	二次	無	無	一次	一次	一次	一次	無	六次
白樸	二次	無	一次	無	無	無	無	一次	四次
鄭光祖	無	一次	無	無	無	無	無	無	一次

關漢卿雙色詞喜以金色配他色，形成光耀奪目的「金印象」，白樸則多偏以紅色配他色，元曲三家中僅有其運用色相對比，但只有一例，遠不如馬致遠色相對比之使用。鄭光祖則僅採一雙色詞。將關、白、鄭與馬氏散曲之雙色詞數量比較，馬氏計有二十例，數目已遠遠超越其他三家，而在配色技巧上，有數色對比色及同色系和諧的優點，並且以今日色彩學理論檢驗馬氏用色，亦有相當水準，可見單彩用色數量比率，馬氏雖非第一，但以色彩素養較高的雙色詞運用來看，馬氏設色具創造力，真可說已超越群倫，此點應與其個人特質有密切關聯。

透過色彩與文字摹寫，馬氏引起讀者視覺上的刺激與需求，突顯景物，並引發讀者美感經驗，其文字設色之藝術表現獨創性強，引人入勝，自然能將讀者引進色彩萬千的《東籬樂府》境界。

三、數量夸飾

文中夸張鋪飾，超過客觀事實者叫作夸飾[六十二]，其特點乃將事物極端的放大或是縮小，使作品意象與讀者既有的認知相背，賴玫怡以為在夸飾言語中所呈現的時空或事物情狀，往往會有所變形，而這變形的部分，正是說寫者語出驚人，要引起聽讀者注意的焦點[六十三]。夸飾以驚異、奇特之手法以突出事物特徵。《東籬樂府》夸飾語句，可分為數量與形象兩方面，以下筆者將研討數量夸飾，形象夸飾部分陳璋衛《東籬樂府聲律與修辭之研究》論及夸飾時已有詳盡探討，不擬重覆。

孫光萱〈數量詞在詩歌中的修辭作用〉對數量詞研究有精闢的見解：「人們常說事實勝於雄辯。詩文中的『實數』就是對『事實』所作的明確界定，它能夠簡潔有力地觸及生活的本質，使讀者從確定不移的『數量』出發，進入詩人的感情世界，具有『勝於雄辯』的藝術感染力。」[六十四]因此以

六十二 同註八，頁二一三。

六十三 賴玫怡：《修辭心理與美感之探析——以夸飾、譬喻為例》，（臺北：國立臺灣師範大學國文研究所碩士論文，民國八十九年四月），頁十五。

六十四 孫光萱：〈數量詞在詩歌中的修辭作用〉，（上海《上海大學學報社科版》，一九九四年三月，第三期），頁一〇五。

數量詞為作品內容，目的就是讓讀者有「具體」的認知。數量夸飾，也還是為了掌握「具體數字」，讓作者與讀者經由對數量的共同認識，以了解文意。夸飾結合數量，無非欲透過數量的具體性與夸飾的突顯性，呈現作品藝術效果。試將馬致遠數量夸飾之運用，以大小陳列於後：

（一）萬

萬事幽傳一掌間。〈喜春來・六藝・數〉

惟有西山萬古青。〈撥不斷・失題八〉

愁萬縷，〈壽陽曲・失題九〉

孤舟五更家萬里，〈壽陽曲・瀟湘八景・瀟湘夜雨〉

萬紫千紅妖弄色，〈賞花時・弄花香滿衣〉

萬世皇基，〈粉蝶兒——寰海清夷〉

才萬里，〈粉蝶兒——寰海清夷〉

雞鳴時萬事無休歇。〈夜行船・秋思〉

萬事足。〈夜行船——天地之間〉

寸心愁萬迭，〈夜行船——簾外西風〉

萬斯年，〈粉蝶兒——至治華夷〉

萬民樂業，〈粉蝶兒——至治華夷〉

祝吾皇萬萬年，〈粉蝶兒——寰海清夷〉

鎮家邦萬萬里，〈粉蝶兒——寰海清夷〉

（二）千

遠紅塵千丈波，〈四塊玉・嘆世一〉

喑嗚叱咤千人廢。〈慶東原・嘆世一〉

楸梧遠近千官冢，〈撥不斷・失題十一〉

人千里，〈壽陽曲・失題九〉

千里洪波良夜永，〈賞花時・長江風送客〉

內藏院本三千段，〈一枝花・詠莊宗行樂〉

千般醜惡十分媚，〈哨遍・張玉岩草書〉

滿箱拍塞數千卷，〈哨遍・張玉岩草書〉

千鍾苟竊人之好，〈喬牌兒——世途人易老〉

愁恨千迭。〈夜行船——酒病花愁〉

唱道但得半米兒有擔擎底九千紙教天赦，〈夜行船——酒病花愁〉

悄紗窗緊慢有三千解。〈集賢賓・思情〉

抵多少月明千里故人來。〈集賢賓——金山寺〉

迷留沒亂千百起，〈水仙子——暑光催〉

（三）百

誰羨封侯百里。〈哨遍・半世逢場作戲〉

恰寒食有二百處秋千架。〈新水令・題西湖〉

百歲光陰如夢蝶，〈夜行船・秋思〉

（四）十

東籬半世蹉跎，〈蟾宮曲・嘆世一〉

二十年漂泊生涯，〈青杏子・悟迷〉

半世逢場作戲，〈哨遍・半世逢場作戲〉

由上可知，馬致遠對使用「量大」的數詞夸飾，較有興趣，《東籬樂府》以「萬」與「千」為夸飾者各計十四次，以「百」與「十」為夸飾各僅有三次，可見馬氏喜將事物擴大，成為一種崇高的美，康德《判斷力批判》云：

對於數學的估量固然沒有所謂最大的量，但對於宇宙美的有一個最大（限度）的量。對於這個量，我說，如果它已被判定為絕對的尺度，越過了它在主觀上（即對於主體）不可能更大，那麼它就在自身帶有崇高的觀念而引起那種感動，這感動是那種通過數字的數學估量所不能引起的，（除非那個審美的基本尺度同時也在構象力裏生動地存留著）因為後者須永遠是表現著那在和別的同類的比較中的相對的大，又在心情能在一個直觀裏所把握到的範圍內。而前者卻是表示著絕對的數量。六十五

六十五　康德著　宗白華譯：《判斷力批判》，（北京：商務印書館，一九八七年二月），上卷，頁九十、九十一。

康德論點實為詮釋馬致遠數量詞運用，最適切的解答。馬氏數量夸飾不在於絕對數量，而是表現數量的多、距離的遠與自然的無限，用以傳達「崇高美」，除收語出驚人之效，更得以建立崇高美感。姚一葦以為：「崇高的自然與藝術之無限、巨大、有力與可敬之性質所產生之積極快感，轉化為有精神上之自由、豪放、雄渾與仰慕，在此吾人已由感性進入理性的領域，表現為感性與理性之合一，使吾人走出了狹隘的自我世界，與廣大無垠的宇宙相同一。」[六十六]此應為馬氏運用數量夸飾的積極意義。

作者透過文字間接喚起讀者感官記憶，但面對文學作品多樣的刺激，但讀者感受也有疲乏之時，馬致遠藉由字句反覆、重彩設色以及數量夸飾等技巧突顯焦點，含備相當的技術性。外部景象生動顯明、富有色彩，內部則充滿了真摯強烈的情感，馬氏恰當地抓住事物特徵，因題選材，因材施色，又善用數量夸飾，使整個畫面顯得鮮明而又具體，更能以字句反覆表現散曲覆沓的節奏美感，將人領進一個色彩斑爛、隸屬於美的世界，稱馬致遠曲中有畫，畫中有曲，與唐代詩人王維並駕，應不為過。

本章嘗試從形象具體化以及突顯焦點兩方面探討《東籬樂府》藝術表現，馬致遠將作品藝術表

[六十六] 同註二十二，頁八八。

現與內心深處的情感相結合，能量之大，不但化抽象為具體、使無生命轉化為有生命，展現馬致遠強大的創造力，超越物象的有限，而將之推展到無限。朱光潛〈談讀詩與趣味的培養〉云：「詩人的本領就在見出常人之所以不能見，讀詩的用處也就在隨著詩人所指點的方向，見出我們所不能見；這就是說，覺到我們所素認為平凡的實在新鮮有趣。」[六十七]藝術傳遞是一種感覺傳達的過程，作品出於作者之手，自然能與作者契合共鳴，但以接受美學而論，讀者、作品與作者三位一體，文學大作不僅愉悅作家自身，能夠引起讀者共鳴更是上乘之作。我們或許可以換個方式說，能感動讀者，才是作品致勝的關鍵，作品在兼顧作者理念之餘，應以讀者為中心。李澤厚以為：

主觀發洩情感並不難，難就難在使它具有能感染別人的客觀有效性。情感的主觀發洩只有個人的意義，它沒有什麼普遍的客觀有效性。你的發怒並不能使別人跟你一樣憤怒，你悲哀也並不能使別人也悲哀。要你的憤怒、悲哀具有可傳達的感染性，即具有普遍的有效客觀性，……還要求把你的主觀感情予以客觀化、對象化。[六十八]

六十七　朱光潛：《詩論》，（臺北：臺灣開明書店，民國八十六年二月），頁十六。

六十八　李澤厚：《華夏美學》，（香港：三聯書店，一九八八年十月），頁一二四。

詩人能見人所不能見，以直觀、感性的方式將自身情感融於景物中，化虛為實、變無形成有形，但讀者未必就一定能有相同感通，所以文學作品經常存在「曲高和寡」與「票房毒藥」的現象，這就是作者以自身為中心而忽略讀者感受的結果，魏飴《詩歌鑑賞入門》提出的鑑賞技巧，筆者以為當是作者創作時必須考量的事項：

讀過詩的人，一般都會有這樣的感受：鑑賞一首好詩，我們心目中必有一種意境，而且是非常鮮明生動地浮現眼前，或為詩人洋溢的感情激動著，或為詩中強烈的氣氛包圍著，或為豐富多彩的自然圖景吸引著，充實者……詩中美好的意境似乎完全把我們引到了另外一個世界——那裏面一切都是那麼熟識，因為它是現實生活藝術真實的反映；那裏面一切又那麼清新有味，因為那是詩人通過具體形象創造出來的，傾注著詩人的情意。在這樣一個藝術世界裡神遊，真是使人神魂為之鉤攝，若驚若喜，引人聯想，獲得一種稱心適意的享受。六十九

如同駱小所《語言美學論稿》所述：「審美主體為了描寫這種意中之象，就必須尋找主客體相適應的物質手段和媒介，通過一定的組織構造，把他固定下來。這種物質手段和媒介用語言表達出來，

六十九 魏飴：《詩歌鑑賞入門》，（臺北：萬卷樓圖書公司，民國八十八年六月），頁三九。

便是藝術語言。這時主體往往處於一種迷狂狀態，在想像和聯想中化入客體中，使審美主體心靈情感溶進客體的表象之中，從而使之變形為意象。」[七十]馬致遠善於取材並營造作品氛圍「言情也必沁人心脾，寫景也必豁人耳目」[七十一]，能夠抓住讀者的感覺並回報讀者「不隔」的情境，在此時作者與讀者打破時空限制，心靈契合且相互了解，這是馬氏手法高明之處，也正表現著《東籬樂府》的意境美學。

回顧本章，馬致遠以大量作品，陳述自身理念，但同時亦能考量讀者需要，以具體、突顯的手法、個性化的事物與真摯情感，建立作品藝術境界，有為有守，在堅持作品理念之際亦有「文筆淺顯」的變通，不僅當代讀者獲得感動，六百年後，我們依然在其筆下的東籬境地中神遊，馬致遠的真摯情感不隨時光流逝而失去光彩，其藝術涵養充沛、文字技巧高明，呈現《東籬樂府》獨一無二的美學價值。

[七十] 同註二十四，頁五〇。
[七十一] 同註三，頁三三。

第六章　結論

第一節　致力於馬氏散曲研究

散曲在元代異軍突起，與當代背景和多族文人圈關係密不可分。元代為我國史上國力最強的朝代，不僅版圖最廣、經貿發達，與海外諸國也多所交流，但因民族融合造成「文化差異」，形成蒙漢間不能和平共處的致命傷，異族統治再加上多族文人共同競爭，使文人總有多方面的焦慮，不過這並不代表元代儒士落魄到「九儒十丐」，其社會地位至少仍在中上階層。

馬致遠為這個特殊時代下的文人，留有不少散曲作品，雜劇更被視為馬氏創作主流，因此後世研究著重其雜劇方面的表現，對於散曲則較為忽略。在任訥、隋樹森及瞿鈞等人努力下，馬氏散曲得受重視，在研究方面也略有開展。然因馬致遠生平未見於史傳，後代對馬氏均有生平不詳的遺憾，筆者則試著從馬氏創作、和其他曲家作品以及《錄鬼簿》記載為據，間接證明馬致遠交遊廣闊，又運用心理學理論結合馬氏作品分析馬致遠人格思想，可知在經歷自我展現、宿命意識、愛好自然與人生自覺四階段後，馬致遠終於懂得因應環境調適自我。正面人格思想的開拓，不但使馬氏晚年作品走向欣賞自然、人生自覺，其「放曠灑落，善自排遣」之胸懷更值得自認懷才不遇、憤世嫉俗的文人所學習。

由於《全元散曲》收錄翔實，使後人對馬致遠作品數量認定幾成定局，直至一九八〇年，羅振玉舊藏元楊朝英所輯《樂府新編陽春白雪》明抄殘存六卷本，於遼寧省圖書館被發現，馬氏作品數量才又有所增加。但比較《散曲叢刊》、《全元散曲》與《東籬樂府全集》篇目，發覺《散曲叢刊》所收〈錦上花〉散套，為其他兩版本所無，運用東籬樂府資料庫分析馬致遠寫作規律後，推論〈錦上花〉中〔清江引〕一段應為馬致遠所作，故其作品數量增加一殘套，因此馬氏現有作品計小令一一七、散套二十二，殘套五。在宮調使用方面，馬氏採用北曲十二宮調中的九宮，可見其作品結合音樂之豐富性，不過由馬氏作品分析，亦知其宮調使用不均，小令與散套的宮調使用也具有差異，同時在與其他元曲三家使用宮調做出比較後，我們也能得知四大家在宮調使用上具有以下特性：雙調使用率最高、商角調未被使用，其他宮調的使用則各有所好。

《東籬樂府》內容與風格，經筆者與其他元曲三家作品比對，得以了解馬氏散曲內容十分豐富，各種內容都儘可能涉獵，同時也致力題材創新。其刻畫人物細緻入微，有「散曲劇情化」的特色[一]，至於馬氏風格則包含豪放、清麗、婉約以及新奇四項迥然不同的格調，其內容廣博與風格多樣非其他三家能及，馬氏獨創精神使其內容大幅擴展，給與當時題材多為隱逸、嘆世或言情散曲得以有擴展之空間，在文學史上有積極的意義。

最後筆者以藝術表現檢驗馬致遠對《東籬樂府》之經營，馬氏以典故、譬喻及轉化三法建立《東籬樂府》具體形象世界，喚起讀者對作品的「感覺」，又運用字句反覆、重彩設色、數量夸飾以突顯焦點，刺激讀者對作品之「感受」，馬氏運用藝術手法結合自身真摯感情，使作品與讀者情感得以達成交流，從而建立作品獨有的藝術境地，我們不得不承認馬致遠善用文字技巧與運用藝術手法設境的高妙。這乃因馬氏傳承《詩經》章句覆沓形式與「詩言志」的優良傳統，同時吸收元曲劇場以及元代繪畫設色之特質，甚至整個中國文化所孕育出的成果。在探索《東籬樂府》藝術表現後，筆者以為《東籬樂府》尚有許多美學、色彩心理學的研究空間，例如：探討意境營造之美、人物刻畫等，研究者若能嘗試運用美學理論加以探討，相信對《東籬樂府》之研究會有更精進的收穫。

一　筆者以為《東籬樂府》有明顯「散曲劇情化」的特色，這當與馬致遠同時也撰寫劇本有關，因此一些散曲內容也受到劇本中以人物為中心之書寫手法影響如：〈賞花時・長江風送客〉、〈集賢賓・金山寺〉描寫書生雙漸與妓女蘇卿，克服困難，結為夫婦的故事片段；〈一枝花・詠莊宗行樂〉敘述後唐莊宗沉迷於梨園戲曲而怠於治國的歷史。這些屬於雜劇中的素材，馬致遠均用於散曲，使得其散曲也與雜劇般有著人物形象鮮明、生動等特色。

第二節　馬致遠在中國文學史上應有之地位

就現今文學創作而論，不難發現文學作品充斥市面，固然可以將之解讀為文學的大眾化與普及化，但另一方面又何嘗不是文學的市場化及商品化？「文藝市場化」導致文學家必須迎合大眾，才能創造作品銷售，於是大量作品變成連續劇的腳本，許多作家也成為商品經濟下，放棄自我理念的劇本家。文學可貴處在於作家真實情感以及獨特的自我風格，但當文學環境已演變到作家必須放棄自我創作標準時，我們可以說，這部文學作品已大打折扣。

馬致遠對文學創作始終保有著自我理念，在為與守之間，取得平衡點，即使在不順遂的情況下，他依然能於作品中傳達真摯情感，堅持獨創，不因當時不明朗的文學環境而有所變異。實在可以說他調合了主觀與客觀、理想與現實以及情感和理智，這也就是馬氏人格與其文學精神結合的偉大之處。孫旗〈中國文藝的發展方向〉曾如此說道：「文藝不是文字的編輯器，……任何用以感人的構成因素與手法的象徵、造形、韻調、色彩。都不是一揮而就的。……它要運用藝術技巧，使作品中的現實更為完整的理想化的現實。藝術所表現者為真、善、美諸點，科學的現實中其真、善、美是部分的，零亂的，混淆的。藝術品的現實界則是真、善、美的完整、統一，諧調的集中。」[二]馬致遠正是這樣一位文學家，其作品數量豐富、風格多樣、力求創新以及獨到的藝術表現，在文學史上已具備自成一派的條件，這正說明了他已是一位「典型化詩家」，對於後世文人有著典範的引導作用，在我們讚頌唐朝李白或是宋朝蘇東坡之餘，或許我們更應該放眼元代馬致遠，因為他給我們的型範不僅有文學涵養的充沛，有人生哲學之斬獲，其情感真摯，更為元散曲靈魂。所謂詩莊、詞媚，筆者以為曲貴於「真」。

馬氏上承《詩經》奠立文人向民間文學學習的傳統，從而促進元曲之進步，並且於作品中反映現實，真實呈現人民生活與作家心志，展現現實主義精神，並效法《詩經》表現手法與藝術技巧，建立作品具體成象的大千世界。馬致遠在散曲發展史上承先啟後，融合民間文學與士人文藝，而其對文學史最大的貢獻，則是發揚散曲的「真」，為文學旅程中的善、美增添了不可或缺的元素。

二 孫旗：《論中國文藝的方向》，（香港：亞洲出版社，一九五六年七月），頁二十七、二十八。

參考文獻（按作者姓氏筆畫為序）

一、書籍部分

中村元　《東方民族的思維方法》　臺北　淑馨出版社　民國八十八年二月
王　瑛、曾明德　《詩詞曲語辭集釋》　北京　語文出版社　一九九一年十月
王忠林、應裕康　《元曲六大家》　臺北　東大出版社　民國六十六年二月
王忠林　《元代散曲論叢》　臺北　文津出版社　民國八十六年一月
王明蓀　《蒙古民族史略》　臺北　中央文物供應社　民國七十九年二月
王明蓀　《宋遼金元史》　臺北　眾文圖書公司　民國八十三年九月
王保珍　《東坡詞研究》　臺北　長安出版社　民國八十一年九月
王星琦　《元明散曲史論》　南京　南京師範大學出版社　一九九九年十二月
王秋桂主編　《善本戲曲叢刊北詞廣正譜》　臺北　學生書局　民國七十六年十一月
王國維　《宋元戲曲史》　臺北　臺灣商務印書館　民國八十三年十二月
王國維　《王國維戲曲論文集——〈宋元戲曲考〉及其他》　臺北　里仁書局　民國八十九年七月
王熙元、曾永義編著　《詩詞曲賞析》　臺北　國立空中大學　民國七十九年四月
王熙元　《優游詞曲天地》　臺北　東大圖書公司　民國八十五年五月

史衛民　《元代社會生活史》　北京　中國社會出版社　一九九六年一月
田　軍、王　洪、劉歐玲、劉亞玲主編　《金元明清詞曲鑑賞辭典》　北京　光明日報出版社　一九九〇年八月
任　訥輯　《散曲叢刊》　臺北　臺灣中華書局　民國七十三年六月
任訥、青木正兒、唐圭璋　《元曲研究》（乙編）　臺北　里仁書局　未註出版年月
任叔寶　《中國歷代筆記英華》　北京　京華出版社　一九九八年十月
朱　權　《太和正音譜》　影鈔明洪武三十一年原刊本
朱　權　《太和正音譜》　臺北　學海出版社　民國八十年十月
艾治平　《古典詩詞藝術探幽》　臺北　木鐸出版社　民國七十六年七月
何貴初　《元明清散曲論著索引》　香港　玉京書會　一九九五年十月
何貴初　《元曲四大家論著索引》　香港　玉京書會　一九九六年九月
何滿子　《醉話酒文化》　香港　商務印書館　一九九一年九月
吳　晟　《瓦舍文化與宋元戲劇》　北京　中國社會科學出版社　二〇〇一年十月
吳　梅　《南北詞簡譜》　臺北　學海出版社　民國八十六年五月
吳庚順、呂薇芬主編　《全元散曲》　瀋陽　遼寧人民出版社　二〇〇〇年一月
吳澤順　《陶淵明集》　長沙　岳麓書社　一九九六年十月
呂正惠　《詩詞曲格律淺說》　臺北　大安出版社　民國八十七年十一月
呂薇芬　《全元散曲典故辭典》　武漢　湖北辭書出版社　一九八五年九月

宋濂等撰　《元史》　北京　中華書局　一九九七年十月
李　幹　《元代社會經濟史稿》　武漢　湖北人民出版社　一九八五年十二月
李心峰　《元藝術學》　桂林　廣西師範大學出版社　一九九七年八月
李正民、董國炎主編　《遼金元文學研究》　北京　文化藝術出版社　一九九九年五月
李正民　《元好問研究論略》　北京　社會科學文獻出版社　一九九九年八月
李季譯　《馬可波羅遊記》　臺北　王家出版社　未註出版年月
李則芬　《元史新講》　未註出版社　民國六十七年十二月
李清筠　《時空情境中的自我影像——以阮籍、陸機、陶淵明詩為例》　臺北　文津出版社　民國八十九年十月
李新魁　《實用詩詞曲格律詞典》　廣州　花城出版社　一九九九年十一月
李澤厚　《華夏美學》　香港　三聯書店　一九八八年十月
沈起煒、徐光烈　《中國歷代職官詞典》　上海　上海辭書出版社　一九九二年八月
汪志勇　《元人散曲新探》　臺北　學海書局　民國八十五年十一月
阮　元　《十三經注疏》　臺北　藝文印書館　民國四十四年四月
周振甫等著　《詩文鑑賞方法二十講》　臺北　國文天地雜誌社　民國七十八年十一月
周碧香　《《東籬樂府》語言風格研究》　高雄　復文出版社　民國八十七年六月
周德清　《中原音韻》　臺北　學海出版社　民國八十五年三月
尚園子、陳維禮　《宋元生活掠影》　瀋陽　瀋陽出版社　二〇〇一年十一月

林書堯　《色彩學》　臺北　三民書局　民國七十二年八月
林淑貞　《詩話論風格》　臺北　文津出版社　民國八十八年七月
邱燮友等　《中國文學概論》　臺北　國立空中大學　民國七十七年一月
金民那　《文心雕龍的美學——文學的心靈及其藝術的表現》　臺北　文史哲出版社　民國八十二年七月
姚一葦　《藝術的奧秘》　臺北　臺灣開明書店　民國八十二年二月
姚一葦　《美的範疇論》　臺北　臺灣開明書店　民國八十六年七月
施德玉　《北曲中可增減曲牌的研究》　臺北　生韻出版社　民國七十八年八月
胡經之　《文藝美學論》　武漢　華中師範大學出版社　一九九〇年六月
唐文德　《詩詞中的美學與意境》　臺中　國彰出版社　民國八十三年七月
唐文德　《詩詞情境欣賞》　臺中　國彰出版社　民國八十九年十二月
孫　立　《詞的審美特性》　臺北　文史哲出版社　民國八十四年二月
孫　旗　《論中國文藝的方向》　香港　亞洲出版社　一九五六年七月
孫　旗　《藝術美學的探索》　臺北　結構群文化事業公司　民國八十一年三月
孫　靜　《陶淵明的心靈世界與藝術天地》　鄭州　大象出版社　一九九七年四月
孫楷第　《元曲家考略》　臺北　文史哲出版社　民國七十八年六月
孫遜、孫菊園編　《中國古典小說美學資料匯粹》　臺北　大安出版社　民國八十年一月
時容華　《透視中國社會的社會心理學》　臺北　明鏡文化事業公司　民國七十八年七月
秦　序　《中國音樂史》　北京　文化藝術出版社　一九九八年一月

袁　冀　《元史論叢》　臺北　聯經出版社　民國六十七年九月
張　健　《文學概論》　臺北　五南圖書出版公司　民國七十二年十一月
張　毅　《中華文學通覽・大漠來風・元代卷》　北京　中華書局　一九九七年三月
梁乙真　《元明散曲小史》　北京　商務印書館　一九九八年十月
梁方仲　《中國歷代戶口、田地、田賦統計》　上海　上海人民出版社　一九八〇年八月
莊永平　《戲曲音樂史概述》　上海　音樂出版社　一九九〇年七月
莊萬壽　《莊子史論》　臺北　萬卷樓圖書公司　民國八十九年八月
許天治　《藝術感通之研究》　臺北　臺灣省立博物館　民國七十六年六月
郭茂倩　《樂府詩集》　臺北　里仁書局　民國八十八年一月
郭紹虞　《滄浪詩話校釋》　臺北　里仁書局　民國七十六年四月
郭靖編　《雍熙樂府》　明嘉靖丙寅四十五年原刊本
陳友冰、許振軒　《元人小令鑑賞》　臺北　五南圖書公司　民國八十七年一月
陳冠學　《莊子新注》　臺北　東大圖書公司　民國七十八年九月
傅惜華　《古典戲曲聲樂論著叢編》　北京　人民音樂出版社　一九八三年一月
曾永義　《詩歌與戲曲》　臺北　聯經出版事業公司　民國七十七年四月
曾永義編撰　《蒙元的新詩——元人散曲》　臺北　時報出版社　民國八十年一月
曾永義　《論說戲曲》　臺北　聯經出版事業公司　民國八十六年三月
曾永義　《中國古典戲劇選注》　臺北　國家出版社　民國八十六年九月

童慶炳　《文學概論新編》　北京　北京師範大學出版社　一九九五年十月
童慶炳　《中國古代心理詩學與美學》　北京　中華書局　一九九七年十月
華連圃　《戲曲叢譚》　臺北　臺灣商務印書圖書公司　民國六十七年十二月
賀昌群、孫楷第　《元曲研究》（甲編）　臺北　里仁書局　未註出版年月
隋樹森　《全元散曲》　北京　中華書局　二〇〇〇年九月
黃永武　《中國詩學・考據篇》　臺北　巨流圖書公司　民國八十五年十二月
黃永武　《中國詩學・思想篇》　臺北　巨流圖書公司　民國八十五年十二月
黃永武　《中國詩學・設計篇》　臺北　巨流圖書公司　民國八十八年九月
黃永武　《中國詩學・鑑賞篇》　臺北　巨流圖書公司　民國八十八年九月
黃振民　《詩經研究》　臺北　正中書局　民國七十一年二月
黃慶萱　《修辭學》　臺北　三民書局　民國八十九年十月
黃麗貞　《中國文學概論》　臺北　三民書局　民國九十年一月
逯欽立校注　《陶淵明集》　香港　中華書局香港分局　一九八七年二月
楊成鑒　《中國詩詞風格研究》　臺北　洪葉文化事業公司　民國八十四年十二月
楊家駱　《詞曲》　臺北　世界書局　民國六十九年五月
楊家駱主編　《新校本元史并附編二種一》　臺北　鼎文書局　未註出版年月
楊朝英等編　《歷代散曲彙纂》　杭州　浙江古籍出版社　一九九八年七月
楊蔭瀏　《中國古代音樂史稿》　臺北　大鴻出版社　民國八十六年七月

葉嘉瑩　《中國詞學的現代觀》　臺北　大安出版社　民國八十二年九月
蒙思明　《元代社會階級制度》　北京　哈佛燕京社　一九六七年十一月
蒲震元　《中國藝術意境論》　北京　北京大學出版社　一九九九年一月
齊如山　《國劇圖譜》　臺北　幼獅文化事業公司　民國八十三年四月
齊森華、陳　多、葉長海主編　《中國曲學大辭典》　杭州　浙江教育出版社　一九九七年十二月
劉大杰　《中國文學發展史》　臺北　華正書局　民國八十八年八月
劉明今、蔣凡、顧易生　《宋遼金元文學批評史》　上海　上海古籍出版社　一九九六年六月
劉致中、侯鏡昶　《讀曲常識》　臺北　國文天地雜誌社　民國七十九年六月
劉英明、李艷明輯　《鄭振鐸全集》　石家莊　花山文藝出版社　一九九八年十一月
樓宇烈校釋　《王弼集校釋》　臺北　華正書局　民國八十一年十二月
歐秀明　《應用色彩學》　臺北　雄獅圖書公司　民國八十三年八月
滕咸惠　《人間詞話新注》　臺北　里仁書局　民國八十三年十一月
蔣　菁　《中國戲曲音樂》　北京　人民出版社　一九九五年五月
蔣星煜主編　《元曲鑒賞辭典》　上海　上海辭書出版社　一九九〇年七月
蔡孟珍　《曲韻與舞台唱唸》　臺北　里仁書局　民國八十六年十月
蔡謀芳　《表達的藝術——修辭二十五講》　臺北　三民書局　民國七十九年十二月
鄭秋水譯　《心理分析與文學》　臺北　遠流出版社　民國七十六年八月
鄧之誠　《東京夢華錄注》　臺北　世界書局　民國八十八年九月

鄧長風點校　《東籬樂府》　上海　上海古籍出版社　未註出版年月
蕭啟慶　《元代史新探》　臺北　新文豐出版公司　民國七十二年六月
蕭麗華　《元詩之社會性與藝術性研究》　臺北　國家出版社　民國八十七年十月
賴橋本　《元曲吟唱》　臺北　文津出版社　民國七十八年十二月
賴橋本　《詞曲散論》　臺北　文津出版社　民國七十九年三月
賴橋本、林玫儀　《新譯元曲三百首》　臺北　三民書局　民國八十四年十一月
賴瓊琦　《設計的色彩心理——色彩的意象與色彩文化》　臺北　視傳文化事業公司　民國九十年十一月
駱小所　《語言美學論稿》　昆明　雲南人民出版社　一九九六年十二月
鍾嗣成等　《錄鬼簿傳奇品》　臺北　樂天書局　民國七十一年一月
鍾敬文　《中國民間文學講演集》　北京　北京師範大學出版社　一九九九年九月
黛安・艾克曼著　莊安琪譯　《感官之旅》　臺北　時報文化出版公司　民國八十九年八月
瞿　鈞　《東籬樂府全集》　天津　天津古籍出版社　一九九〇年三月
瞿　鈞　《馬致遠論稿》　香港　新世紀出版　一九九三年三月
顏天佑　《元雜劇所反映之元代社會》　臺北　華正書局　民國七十三年九月
魏　源　《元史新編》　臺北　文海出版社　未註出版年月
魏　飴　《小說鑑賞入門》　臺北　萬卷樓圖書公司　民國八十八年六月
魏　飴　《詩歌鑑賞入門》　臺北　萬卷樓圖書公司　民國八十八年六月
羅立剛　《宋元之際的哲學與文學》　上海　復旦大學出版社　一九九九年六月

羅錦堂　《錦堂論曲》　臺北　聯經事業公司　民國六十六年三月
羅錦堂　《中國散曲史》　臺北　中國文化大學出版部　民國七十二年八月
羅麗容　《曲學概要》　臺北　建宏出版社　民國九十年九月
譚正璧　《元曲六大家評傳》　上海　文藝聯合出版社　一九五五年十月
譚正璧　《中國文學家大辭典》　北京　北京圖書館出版　一九九八年九月
顧建華　《中國元代文學史》　北京　人民出版社　一九九四年一月

二、學位論文部分

王小滕　《元散曲所反映之文人思想》　臺北　國立政治大學中國文學研究所博士論文　民國七十五年五月
尹壽榮　《試論莊子消遙的心靈及其意境》　臺北　國立臺灣大學中國文學研究所碩士論文　民國八十七年一月
王怡芬　《《花間集》女性敘寫研究》　臺南　國立成功大學中國文學研究所碩士論文　民國八十八年六月
王明蓀　《元代的士人與政治》　臺北　中國文化大學史學研究所博士論文　民國七十一年十二月
王詠雪　《王維詩中禪意境之研究》　臺北　國立臺灣大學中國文學研究所碩士論文　民國八十七年六月
朴三洙　《馬致遠雜劇之研究》　臺北　國立臺灣大學中國文學研究所碩士論文　民國七十三年六月
周碧香　《《東籬樂府》語言風格研究》　嘉義　國立中正大學中國文學研究所碩士論文　民國八十四年七月

林東北　《山水畫荒茫意境與筆墨運用之研究》　臺北　中國文化大學藝術研究所碩士論文　民國八十七年五月

邱意珍　《形、色、詩詞意境共感覺之研究》　臺北　國立臺灣工業技術學院工程技術研究所設計技術學程碩士論文　民國八十四年七月

唐桂芳　《馬致遠雜劇研究》　臺北　國立政治大學中國文學研究所碩士論文　民國六十五年五月

馬顯慈　《關漢卿、白樸、馬致遠三家散曲之比較研究》　香港　新亞研究所文學組博士論文　一九九八年七月

陳璋衛　《東籬樂府聲律與修辭之研究》　香港　珠海大學中國文學研究所碩士論文　一九八〇年四月

葉慧玲　《元雜劇中「夢」的探析》　臺北　國立臺灣師範大學國文研究所碩士論文　民國八十八年六月

劉幼嫻　《關漢卿雜劇的生命情感》　高雄　國立中山大學中國文學系碩士論文　民國八十四年六月

賴玫怡　《修辭心理與美感之探析——以夸飾、譬喻為例》　臺北　國立臺灣師範大學國文研究所碩士論文　民國八十九年四月

簡隆全　《元散曲隱逸意識研究》　臺中　東海大學中國文學研究所碩士論文　民國八十四年六月

簡銘宏　《元代鈔幣之研究》　臺北　國立政治大學民族研究所碩士論文　民國八十一年六月

羅師賢淑　《莊子書寓言故事研究》　臺北　中國文化大學中國文學研究所碩士論文　民國八十四年六月

羅師賢淑　《金庸武俠小說研究》　臺北　中國文化大學中國文學研究所博士論文　民國八十八年六月

三、學報期刊部分

方智範　〈馬致遠神仙道化劇之社會意義〉　臺中　《中國文化月刊》第一百六十四期　民國八十二年六月

王　瑜　〈唐人意境與悲秋鄉愁意識的深層意蘊──馬致遠散曲〈天淨沙．秋思〉心解〉　哈爾濱　《黑龍江教育學院學報》第四期　一九九五年四月

王萬俊　〈論元曲家在思想性上對傳統詩歌的超越〉　蘭州　《西北民族學院學報哲學社會科學版》第一期　一九九八年

冉欲達　〈景物描寫的三元素──形、色、聲〉　瀋陽　《遼寧大學學報》第一期　一九八五年一月

田同旭、周玲玲　〈論元曲家的做官與作曲〉　太原　《山西大學學報哲學社會科學版》第二期　二〇〇〇年五月

申士堯　〈論馬致遠「仙道」劇的主體意識及其與宗教的關係〉　西安　《陝西教育學院學報》第一期　一九九九年一月

石亞川　〈古代文人失落心態的藝術寫照──也說馬致遠〈天淨沙．秋思〉〉第二期　呼和浩特　《語文學刊》　一九九五年一月

曲振泰　〈對元曲「借馬」的再認識〉　大連　《大連理工大學學報》第二期　一九九九年六月

吳建華　〈淺談元曲小令的押韻及襯字〉　臺北　《國文天地》第十二期　民國八十四年五月

李德身　〈比較馬致遠和白樸的兩首寫秋小令〉　連雲港　《連雲港教育學院學報》第四期　一九九九年

四月
李鴻瀾　〈「瓊筵醉客」與「紅塵」「神仙」——試論關漢卿、馬致遠劇作的思想傾向〉　萍鄉　《萍鄉高等專科學校學報》第三期　一九九九年三月
韋德強　〈在「夾縫」中自我掙扎——從元代文人精神價值的裂變看元曲隱逸意識〉　百色　《右江民族師專學報》第一期　二〇〇一年三月
孫光萱　〈數量詞在詩歌中的修辭作用〉　上海　《上海大學學報社科版》第三期　一九九四年三月
孫蓉蓉　〈遊子的愁思——馬致遠〈天淨沙・秋思〉賞析〉　臺北　《國文天地》第十期　民國九十一年三月
徐子方　〈「關、鄭、白、馬」與元曲四大家〉　漳州　《漳州師院學報》第一期　一九九八年一月
張　襯　〈淺議歌妓在元曲發展中的作用〉　鄭州　《河南社會科學》第二期　二〇〇〇年二月
張天惠　〈寥寥數語千古絕唱——淺析馬致遠〈天淨沙・秋思〉的藝術特色〉　哈爾濱　《黑龍江教育學院學報》第二期　二〇〇〇年二月
張進德　〈市井平民的真情與失意文人的悲愴——關漢卿、馬致遠嘆世、情愛散曲比較〉　開封　《河南大學學報社會科學版》第一期　一九九九年一月
張叢林　〈馬致遠〈天淨沙・秋思〉的藝術表現〉　合肥　《安徽教育學院學報》第三期　一九九九年三月
盛蘭芳　〈遊子思鄉的典範之曲黃昏悲秋的絕妙之圖——有感馬致遠〈天淨沙・秋思〉〉　克拉瑪依　《新疆石油教育學院學報》第五期　二〇〇〇年一月
許淑華　〈從「漢宮秋」內容探討其時代意識〉　臺中　《興大中文研究生論文集》第二期　民國八十六

年九月
郭麗萍　〈馬致遠散曲審美初探〉　泉州　《泉州師範學院學報》第一期　一九九九年一月
陳安娜　〈馬致遠研究〉　臺北　《師大國文研究所集刊》第十三期　民國五十八年六月
陳松柏　〈元代文人的心態與元曲創作〉　咸寧　《咸寧師專學報》第一期　一九九八年二月
陸　力　〈亂世悲歌中的無奈之音——元曲作家命運觀念探微〉　十堰　《十堰職業技術學院學報》第三期　二〇〇〇年九月
傅雪漪　〈元曲的音樂〉　臺北　《復興劇藝學刊》第十期　民國八十三年十月
曾　珊　〈隱士和浪子的抗爭——論元曲作家的複雜心態〉　南昌　《江西教育學院學報》第一期　一九九七年一月
隋桂悅、張　田　〈元曲價值淺談〉　哈爾濱　《黑龍江農墾師專學報》第四期　二〇〇〇年四月
馮　笪　〈試探唐宋詩詞有關顏色的描繪〉　天津　《南開學報》第一期　一九八八年一月
黃敬欽　〈王維的空靈和馬致遠的空無〉　臺北　《幼獅文藝》第二期　民國六十七年二月
黃劍朋　〈思伴之情真真念家之意濃濃——讀馬致遠〈天淨沙・秋思〉有感〉　南京　《社會科學》第七十四期　一九九五年四月
鄒少雄　〈生命悲劇的精神超越——論馬致遠雜劇散曲中的超我意識〉　上海　《社會科學》第十期　一九九五年十月
劉方政　〈試論馬致遠的「神仙道化」劇〉　濟南　《東岳論叢》第六期　一九九七年六月
劉崇義　〈試賞馬致遠的〈天淨沙・秋思〉〉　臺北　《孔孟月刊》第五期　民國八十二年一月

劉雪梅　〈萬花叢中馬神仙百世集中說致遠——論道教思想對馬致遠神仙道化劇的影響〉　長沙　《中國文學研究》第三期　二〇〇〇年三月
蔡美雲　〈關於馬致遠及其《漢宮秋》的新思考〉　北京　《戲劇》第四期　一九九八年四月
賴橋本　〈馬致遠的時代及其作品〉　臺北　《中華文化復興月刊》第十一期　民國六十五年十一月
薛德愍　〈馬致遠考述〉　臺北　《臺北工專學報》第四期　民國五十九年六月
謝柏梁、尹永華　〈清風駿骨馬致遠——本世紀的馬致遠研究〉　南京　《藝術百家》第三期　一九九九年三月
謝裕琳　〈馬致遠《任風子》雜劇中的人物與思想研究〉　臺北　《臺灣戲曲專刊》第三期　民國九十年五月
魏　明　〈馬致遠隱逸曲與陶淵明田園詩藝術手法比較談〉　咸寧　《咸寧師專學報》第五期　一九九九年五月
魏榮華　〈元曲四大家雜劇的思想內容及文學史地位〉　南通　《南通師範學院學報》第四期　二〇〇〇年十二月

國家圖書館出版品預行編目

丹楓醉倒秋山色：《東籬樂府》研究／蘇倍儀 著. -- 一版
臺北市：秀威資訊科技, 2004[民 93]
面； 公分. -- 參考書目：面
ISBN 978-986-7614-21-6（平裝）
1.（元）馬致遠－作品研究
2.（元）馬致遠 - 傳記

853.4 93007597

語言文學類 AG0014

丹楓醉倒秋山色──《東籬樂府》研究

作　　者 / 蘇倍儀
發 行 人 / 宋政坤
執行編輯 / 李坤城
圖文排版 / 張慧雯
封面設計 / 黃偉志
數位轉譯 / 徐真玉　沈裕閔
圖書銷售 / 林怡君
網路服務 / 徐國晉
出版印製 / 秀威資訊科技股份有限公司
台北市內湖區瑞光路 583 巷 25 號 1 樓
電話：02-2657-9211　　傳真：02-2657-9106
E-mail：service@showwe.com.tw
經 銷 商 / 紅螞蟻圖書有限公司
台北市內湖區舊宗路二段 121 巷 28、32 號 4 樓
電話：02-2795-3656　　傳真：02-2795-4100
http://www.e-redant.com

2006 年 7 月 BOD 再刷
定價：340 元

讀　者　回　函　卡

感謝您購買本書，為提升服務品質，煩請填寫以下問卷，收到您的寶貴意見後，我們會仔細收藏記錄並回贈紀念品，謝謝！

1.您購買的書名：____________________

2.您從何得知本書的消息？

□網路書店　□部落格　□資料庫搜尋　□書訊　□電子報　□書店

□平面媒體　□ 朋友推薦　□網站推薦　□其他__________

3.您對本書的評價：(請填代號　1.非常滿意 2.滿意 3.尚可 4.再改進)

封面設計____　版面編排____　內容____　文/譯筆____　價格____

4.讀完書後您覺得：

□很有收穫　□有收穫　□收穫不多　□沒收穫

5.您會推薦本書給朋友嗎？

□會　□不會，為什麼？____________________

6.其他寶貴的意見：____________________

____

____

____

讀者基本資料

姓名：____________________　年齡：______　性別：□女 □男

聯絡電話：________________　E-mail：____________________

地址：____

學歷：□高中(含)以下　□高中　□專科學校　□大學

□研究所(含)以上　□其他_______________

職業：□製造業 □金融業 □資訊業 □軍警 □傳播業 □自由業

□服務業 □公務員 □教職　□學生 □其他__________

請貼
郵票

To：114

台北市內湖區瑞光路 583 巷 25 號 1 樓

秀威資訊科技股份有限公司　　收

寄件人姓名：

寄件人地址：□□□

(請沿線對摺寄回,謝謝!)